दानवीर कर्ण

दानवीर कर्ण

सोनी मलिक

RATHORE

First published in India in 2020 by
Rathore Publishers & Distributors

ISBN: 978-93-867205-4-2

Rathore Publishers & Distributors
Basement-260, Shaktikand-III,
Indirapuram, Ghaziabad, U.P.-201010
Mobile: 09958828738

E-mail: rathorepublishers@gmail.com

Printed and Bound in
Delhi

₹ 395/-

प्रस्तावना

कर्ण एक महान योद्धा और भगवान सूर्य व कुन्ती का पुत्र था। दुर्वासा ऋषि के वरदान से कुंती ने सूर्य का आह्वान करके कौमार्य में ही कर्ण को जन्म दिया था। लोक-लाज के भय से कुंती ने उसे नदी में बहा दिया था जो बहते हुए गंगा किनारे हस्तिनापुर के सारथी अधिरथ को मिला। अधिरथ उस बालक को अपने घर ले गया। कर्ण को अधिरथ की पत्नी राधा ने पाला इसलिए कर्ण को राधेय भी कहते हैं।

जिस प्रकार श्री कृष्ण की धर्म स्थापना में निष्ठा रही और युधिष्ठिर की धर्म पालन में, उसी प्रकार महारथी कर्ण की अपने मित्र दुर्योधन में निष्ठा थी। कर्ण का उग्र और दुर्याधन के प्रति समर्पित जीवन इसके शापित भाग्य और स्वयं इसके प्रति पूर्व में किये गए भेदभाव का परिणाम था, परन्तु इस दानवीर कर्ण को द्रोपदी वस्त्रहरण और अभिमन्यु वध के लिए इतिहास सदैव दोषी बताता रहेगा।

जो भी हो, नियति का क्रूर मजाक जो इस महारथी के साथ हुआ है वो शायद वासुदेव कृष्ण को भी धर्म से अच्युत कर देता, पर जो वासुदेव कृष्ण धर्म की रक्षा के लिए अपने कुल का नाश भी स्वीकार करता हो उसे भला कौनसी शक्ति अपनी निष्ठा से भटका सकती है।

कर्ण की दानवीरता के अनेक सन्दर्भ मिलते हैं। उनकी दानशीलता की ख्याति सुनकर इन्द्र उनके पास कुण्डल और कवच माँगने गये थे। कर्ण ने अपने पिता सूर्य के द्वारा इन्द्र की प्रवंचना का रहस्य जानते हुए भी उनको कुण्डल और कवच दे दिये।

इन्द्र ने उसके बदले में एक बार प्रयोग के लिए अपनी अमोघ शक्ति दे दी थी। उससे किसी का वध अवश्यम्भावी था। कर्ण उस शक्ति का प्रयोग अर्जुन पर करना चाहते थे किन्तु दुर्योधन के निर्देश पर उन्होंने उसका प्रयोग भीम के पुत्र घटोत्कच पर किया था।

अपने अन्तिम समय में पितामह भीष्म ने कर्ण को उनके जन्म का रहस्य बताते हुए महाभारत के युद्ध में पाण्डवों का साथ देने को कहा था किन्तु कर्ण ने इसका प्रतिरोध करके अपनी सत्यनिष्ठा का परिचय दिया। भीष्म के अनन्तर कर्ण कौरव सेना के सेनापति नियुक्त हुए थे। अन्त में तीन दिन तक युद्ध संचालन के उपरान्त अर्जुन ने उनका वध कर दिया। कर्ण के चरित्र में आदर्शों का दर्शन उनकी दानवीरता एवं युद्धवीरता के युगपत प्रसंगों में किया जा सकता है।

प्रस्तुत पुस्तक में **दानवीर कर्ण** के सम्पूर्ण जीवन चरित्र को उजागर किया गया है। पुस्तक की भाषा सरल व सुबोध रखी गई है। पुस्तक के लेखन में कुछ लिखित व अलिखित स्रोतों से मदद ली गई है जिनके लेखकों व प्रकाशकों के प्रति मैं विनम्र आभार प्रकट करता हूँ। आशा है पुस्तक पाठकों के लिए उपयोगी होगी।

लेखक

अनुक्रम

1

दानवीर कर्ण का परिचय

दुर्वासा ऋषि के वरदान से कुंती ने सूर्य का आह्वान करके कौमार्य में ही कर्ण को जन्म दिया था। लोक-लाज भय से कुंती ने उसे नदी में बहा दिया था। बाद में गंगा किनारे हस्तिनापुर के सारथी अधिरथ को कर्ण मिला और वह उस बालक को अपने घर ले गया। कर्ण को अधिरथ की पत्नी राधा ने पाला इसलिए कर्ण को राधेय भी कहते हैं।

कुंती-सूर्य पुत्र कर्ण को महाभारत का एक महत्वपूर्ण योद्धा माना जाता है। कर्ण के धर्मपिता तो पांडु थे, लेकिन पालक पिता अधिरथ और पालक माता राधा थी। कर्ण दानवीर के रूप में प्रसिद्ध थे। उन्होंने अपने कवच-कुण्डल दान में दिए और अंतिम समय में सोने का दाँत भी दे दिया था।

कर्ण की शक्ति अर्जुन और दुर्योधन से कम नहीं थी। उसके पास इंद्र द्वारा दिया गया अमोघास्त्र था। इस अमोघास्त्र का प्रयोग उसने दुर्योधन के कहने पर भीम पुत्र घटोत्कच पर किया था जबकि वह इसका प्रयोग अर्जुन पर करना चाहता था।

यह ऐसा अस्त्र था जिसका वार कभी खाली नहीं जा सकता था। लेकिन वरदान अनुसार इसका प्रयोग एक बार ही किया जा सकता था। इसके प्रयोग से भीम पुत्र घटोत्कच मारा गया था। कुंती के अन्य पुत्र युधिष्ठिर, भीम, अर्जुन, नकुल और सहदेव उसके भाई थे। दूसरी ओर राधा का पुत्र शोण भी उसके भाई समान था।

दूसरी ओर उसने गुरु द्रोण और परशुराम से अस्त्र-शस्त्र और शास्त्र की विद्या-शिक्षा ली थी।

अंग देश के राजा कर्ण की पहली पत्नी का नाम वृषाली था। वृषाली से उसको वृषसेन, सुषेण, वृषकेत नामक 3 पुत्र मिले। दूसरी सुप्रिया से चित्रसेन, सुशर्मा, प्रसेन, भानुसेन नामक 3 पुत्र मिले। माना जाता है कि सुप्रिया को ही पद्मावती और पुन्नुरुवी भी कहा जाता था।

भीष्म के अनंतर कर्ण कौरव सेना के सेनापति नियुक्त हुए थे। अंत में 3 दिन तक युद्ध संचालन के उपरांत अर्जुन ने विशेष परिस्थितियों में उनका वध कर दिया। यदि ऐसा नहीं किया जाता तो पांडवों की हार निश्चित थी।

हिन्दुओं का एक प्रमुख काव्य ग्रंथ महाभारत, भारत का अनुपम धार्मिक, पौराणिक, ऐतिहासिक और दार्शनिक ग्रंथ है जिसे विश्व का सबसे लंबा साहित्यिक गंथ माना गया है। इस काव्य के अंदर निभाए गए हर एक किरदार, श्लोक, ज्ञान आदि आज भी प्रत्येक भारतीय के लिए एक अनुकरणीय स्रोत रहे हैं। अगर किरदारों की बात की जाए तो हिंदुओं के इस प्रसिद्ध ग्रंथ में अंतरयामी भगवान श्रीकृष्ण को छोड़कर जिन दो पात्रों की अहम भूमिका रही है वह हैं विश्व के सर्वश्रेष्ठ धनुर्धर कर्ण और अर्जुन।

वैसे इस बात से कोई इंकार नहीं कर सकता कि महाभारत के प्रसिद्ध योद्धा और अंतिम दिनों में कौरवों की सेना के सेनापति कर्ण अपने प्रतिद्वंदी अर्जुन से श्रेष्ठ धनुर्धर थे जिसकी तारीफ भगवान श्रीकृष्ण ने भी की, लेकिन ऐसी क्या वजह रही कि युद्ध के अंतिम दिनों में कुंती पुत्र कर्ण निर्बल और असहाय हो गए?

सूर्य पुत्र कर्ण ने अपने जिंदगी के शुरुआती दिनों में ज्ञान, शक्ति, नाम और अधिकार प्राप्त करने के लिए काफी संघर्ष किया। 'सूत-पुत्र होने की वजह से उनका हर जगह तिरस्कार किया गया। इन बाधाओं के बावजूद कर्ण ने तय कर लिया कि वह विश्व के श्रेष्ठतम धनुर्धर बनकर दिखाएंगे और अपना सम्मान हासिल करके रहेंगे, लेकिन अपने इसी जद्दोजहद के बीच वह कई बार गलतियाँ भी करते गए। उनकी इन्ही गलतियों ने कौरवों और पांडवों के युद्ध में उनको कमजोर बना दिया था।

महाभारत में कर्ण का चरित्र

महाभारत जैसाकि सर्वविदित है पराशर ऋषि के पुत्र कृष्णद्वैपायन व्यास, जिन्हें भगवान श्रीकृष्ण ने अपनी विभूति बताया है (मुनीनामौयहं व्यासः कवीना

मुशना कविः) (गीता37/10) ने इस महान ग्रन्थ की रचना की है इसे भारतीय धर्म और संस्कृति का विश्वकोश कहा जाता है। व्यास जी यह घोषणा अक्षरशः सत्य है–

धर्मे चार्थे कामे मोक्ष च भरतर्षभ।
यदिहास्ति तदन्यत्र यन्नेहास्ति न तत् क्वचित्।।

व्यासजी इसे इतिहास कहते हैं। अतः इसमें वणित पात्र और महाभारत का कुरुक्षेत्र का महायुद्ध काल्पनिक नहीं हैं।

" इतिहास प्रदीपेन मोहावरण घातिना।"

महाभारत भविष्य में कवियों को प्रेरणा देता रहेगा और श्रेष्ठ कवियों का उपजीव्य होगा। यह घोषणा स्वयं ऋषिवर कर गए हैं -

सर्वेषां कविमुख्यानामुपजीव्यो भविष्यति।
पर्जन्य इव भूतानामक्षयो भारतद्रुमः।।

और यही हुआ। संस्कृत हिन्दी और अनेक अन्य भाषाओं में महाभारत से प्रेरणा लेकर कवि जन ने विपुल वाङ्मय का सृजन किया है। भास, कालिदास, भारवि, माघ, श्रीहर्ष, भट्टनारायण जैसे संस्कृत महाकवियों और श्री मैथिली-शरण गुप्त, रामधारीसिंह दिनकर, जयशंकर प्रसाद जैसे क्षेष्ठ हिन्दी कवियों ने महाभारत से अपनी कृतियों का बीज प्राप्त किया है।

महाभारत में कोई एक नायक नहीं है अनेक महापुरुषों का वर्णन है फिर भी व्यासजी ने सबका चरित्र इतनी पूर्णता से किया है कि पात्र आज भी सजीव होकर मन पर छा जाते हैं। वे चाहे पाण्डु हों या धृतराष्ट्र, भीष्म हों या विदुर, द्रोण या द्रुपद भीम हों या दुर्योधन कर्ण हों या अर्जुन, युधिष्ठिर हों या कृष्ण।

व्यास जी ने महाभारत में कर्ण का वर्णन विविध प्रसंगों में इन स्थलों पर किया हैं–

1. आदिपर्व के 17 वें तथा 33 वें अध्याय में।
2. सभापर्व के 15 वें अध्याय।
3. वन पर्व के 17 वें तथा 19 वें अध्याय में।
4. विराट पर्व के 13 वें तथा 14 वें अध्याय में।
5. उद्योग पर्व 13 वें, 29, 30 तथा 35 वें अध्यायों में।
6. भीष्म पर्व के 23 वें तथा 30 वें अध्यायों में।
7. द्रोण पर्व के नौ अध्यायों में (4, 6, 22, 24, 26, 27, 29, 30, 35)।
8. कर्ण पर्व सम्पूर्ण।

इस प्रकार 18 पर्वो ग्रन्थ में आठ पर्वो में कर्ण का वर्णन किसी न किसी प्रसंग में किया गया है और एक पूरा पर्व (आठवाँ) कर्ण को समर्पित है।?

व्यास जी ने कर्ण का चरित्र इतनी सूक्ष्मता व समग्रता से चित्रित किया है कि व्यक्ति नतमस्तक हो जाता है।

कर्ण की उत्पति के विषय में सन्देह नहीं कि वह कुन्ती का कानीन पुत्र था। इस का उद्घाटन स्वयं कुन्ती ने किया है -

कानीन स्त्वं मया जातः पूर्वजः कुक्षिणा धृतः।
कुन्तिराजस्य भवने पार्थस्त्वमसि पुत्रक।।
(उधोग पर्व 30 वाँ अध्याय)
यही तथ्य भीष्म पितामह भी कर्ण को बताते हैं-
कौन्तेयस्त्वं न राधेयो न तवाधिरथः पिता।
सूर्यजस्त्वं महाबाहो विदितो नारदान्मया।।
(भीष्म पर्व 30 वाँ अध्याय)?

इन प्रमाणों को देखते हुए स्वामी जगदीश्वरानन्द सरस्वती का यह मत कि कृष्ण द्वारा कर्ण को कुन्ती का पुत्र बताना उसे दुर्योधन से दूर करने के उद्देश्य से की गयी एक राजनैतिक चाल थी समीचीन नहीं जान पडता।

कर्ण का पालन चम्पा नगरी (वर्तमान बिहार राज्य के भागलपुर जिले में) जो गंगा के किनारे एक व्यापारिक केन्द्र था, में सूत परिवार में हुआ था इनके पालक पिता अधिरथ थे और माता राधादेवी थी। पिता रथ संचालन करते थे।

मनु स्मृति से हमें ज्ञात होता है कि सूत शब्द का प्रयोग उन सन्तानों के लिए होता था जो ब्राह्मण कन्या से क्षत्रिय पिता द्वारा उत्पन्न हों।

क्षत्रियाद्विप्र कन्यायां सूतो भवति जातितः।
वैश्यान्मागध वैदेहो राजविप्राड.गना सुतौ।।
(10 वें अध्याय का 11 वाँ श्लोक)

महाभारत का कर्ण केवल शूरवीर या दानी ही नहीं है अपितु कृतज्ञता, मित्रता, सौहार्द्र, त्याग और तपस्या का प्रतिमान भी है। वह ज्ञानी, दूरदर्शी, पुरुषार्थी और नीतिज्ञ है और धर्मतत्व समझता है। वह दृढ निश्चयी और अपराजेय है।

व्यास जी महाभारत में उसका प्रवेश सीधे रंगशाला में राजकुमारों की शस्त्र परीक्षा के अवसर पर कराते है वहाँ जो चित्र उसके व्यक्तित्व का खींचा है वह दर्शनीय है—

सहजं कवचं बिभ्रत कुण्डलोद्योतिताननः।
सधनुर्बद्धिनस्त्रिंशः पादचारीव पर्वतः।।
सिंहर्षभगजेन्द्राणां बलवीर्य पराक्रमः।
दीप्ति कान्तिद्यु तिगुणैः सूर्येन्दु ज्वलनोपमः।।
(आदि पर्व 19 वाँ अध्याय)

वहाँ कर्ण द्रोणचार्य जैसे सर्वश्रेष्ठ गुरु द्वारा शिक्षित राजकुमारों से भी अधिक श्रेष्ठ कौशल का चमत्कार प्रदर्शित कर चकित अर्जुन को क्रुद्ध और द्रोण को लज्जित व चिन्तित कर देता है।

ततो द्रोणाभ्यनुज्ञातः कर्णः प्रियरणः सदा।
यत् कृतं तत्र पार्थेन तच्चकार महाबलः।।

इसी अवसर पर अर्जुन को द्वन्द्व के लिए आहूत करना और वंश परिचय देने में लज्जित होने पर दुर्योधन द्वारा उसे मित्र बनाना और अंगदेश का नरेश बनाना वर्णित है। यहीं से कर्ण दुर्योधन की अटूट मैत्री प्रारम्भ होती है जिसे कोई प्रलोभन, कोई भय, ममता या मोह तोड़ नहीं सके और इसी मैत्री पर वह अपना सर्वस्व न्यौछावर कर देता है।

श्री कृष्ण द्वारा यह बताए जाने पर कि कुन्ती तुम्हारी माँ है और अब दुर्योधन का साथ छोडकर अपने अनुज पाण्डवों से मिल जाओ कर्ण उत्तर देते है–

वधात बन्धाद्‌ भयाद्वापि लोभाद्वापि जनार्दन।
अनूतं नोत्सहे कर्तुं धार्त राष्ट्रस्य धीमतः।।
(उद्योग पर्व 29 वाँ अध्याय)

कुन्ती द्वारा की गयी याचना और उनके द्वारा प्रदर्शित ममत्व भी उसे विचलित नहीं कर सका वह कहता है–

सर्वकामैः संविभक्ष्तः पूजितश्च यथा सुखम्।
अहं वै धार्तहाष्ट्रराणां कुयाँ तदफलं कथम्।।
मया प्लवेन संग्रामं तितीर्षन्ति दुरत्ययम्।
अपारे पारकामा ये त्यजेयं तानहं कथम्।।
(उद्योग पर्व 30 वाँ अध्याय)

फिर भी दानवीर जो ठहरे, माता को भी निराश नहीं करते और अर्जुन को छोड़कर शेष चारों पाण्डवों को अभयदान दे देते हैं–

न ते जातु नशिष्यिन्ति पुत्राः पंच यशस्विनि।
निरर्जुन सकर्णा वा सार्जुना वा हते मयि।।

पुनः भीष्म पर्व में शर शय्या पर पड़े भीष्म पितामह जब कर्ण को उसका वास्तविक परिचय देते हुए दुर्योधन का साथ छोड़ने और युद्ध विमुख होने को कहते हैं तब भी उत्तर देते हैं -

वसुदेवसुतो यद्वत पाण्डवाय ढव्रतः।
वसु चौव शरीरंच पुत्र दार तथा यशः।।
सर्व दुर्योधनस्यार्थे त्यक्ष्तं में भूरिदक्षित।

अपने माता-पिता (राधा देवी और अधिरथ) के प्रति कर्ण की असीम श्रद्धा और दृढ भक्ति है। रंगशाला में समस्त राजवर्ग तथा प्रजाजन के समक्ष सद्यः अभिषिक्त अंग नरेश कर्ण अपने पिता अधिरथ को देख धनुष त्याग उनकी ओर दौड़ते हैं और चरणों पर शीश रख देते हैं–

तमालोक्य धनुस्त्यक्त्वा पितृ गौरवयन्त्रितः।
कर्णोभिषेकार्द्र शिराः शिरसा समवन्दतः।।
(आदि पर्व)

अपनी माता राधा के विषय में कर्ण जिस श्रद्धा व कृतज्ञता से अपने विचार कृष्ण के समक्ष रखते हैं वे भावनाएँ हर भारतीय युवक के लिए आदर्श हैं अनुकरणीय हैं–

सा मे मूत्रं पुरीषं च प्रतिजग्राह माधव।
तस्याः पिण्डव्यपनयं कुर्यादस्मद्विधः कथम्।।
तथा मामभिजानाति सूतश्चाधिरथः सुतम्।
पितरं चाभिजानामि तमहं सौह्र्दात् सदा।।
न पृथिव्याः सकलया सुवर्णस्य च राशिभिः।
हर्षद् भयाद्वा गोविन्द मिथ्या कर्तुं तदुत्सहे।।
(उद्योग पर्व 29 वाँ अध्याय)

महाभारत का कर्ण अभिमानी आत्मप्रशंसक और ईर्ष्यालु नहीं है अपितु बहुत गुणज्ञ और उदार है।

द्रौपदी स्वयंवर के पश्चात् हुए विग्रह में वह ब्राह्मण वेशधारी अर्जुन से लड़ता है कोई किसी को नहीं जीत पाता तो कर्ण बहुत प्रसन्न होता है और उसके कौशल की प्रशंसा करता है–

तुष्यामि ते विप्रमुख्य भुजवीर्यस्य संयुगे।
अविषादस्य चौवास्य शस्त्रास्त्रविजयस्य च।।

किं त्वं साक्षाद् धनुर्वेदो रामो वा विप्रसत्तम।
अथ साक्षाद्धरिहरः साक्षाद्धाविष्णुरच्युतः।।
(आदि पर्व 31 वाँ अध्याय)

कर्ण पाण्डवों के प्रति विशेषतः अर्जुन के प्रति प्रतिद्वंद्विता का भाव अवश्य रखता है किन्तु उनकी निंदा नहीं करता। वह उनके गुण० को जानता है और आदर देता है। वह अर्जुन के बल, पराक्रम को जानता है -

अर्जुनस्य महास्त्राणि कोधं वीर्य धनुः शरान्।
अहं शल्याभिजानामि विक्रमं च महात्मनः।।
(कर्ण पर्व आठवाँ अध्याय)

युधिष्ठिर की धर्मपरायणता के बारे में वह कहता है–

यदि जानाति माँ राजा धर्मात्मा संयतेन्द्रियः।
कुन्त्याः प्रथमजं पुत्रं न स राज्यं ग्रहीष्यति।।

वह उनके कल्याण की कामना करते हुए कृष्ण से कहता है–

स एव राजा धर्मात्मा शाश्वतोऽस्तुयुधिषठिरः।
नेता यस्य ऋषीकेशो योद्धा यस्य धर्नूजयः।।

गुरुजन के प्रति वह अत्यन्त आदर का भाव रखता है। द्रोणाचार्य, भीष्म, विदुर आदि भले उसकी निन्दा करते रहते हैं किन्तु उसके ह्रदय में इन सबके प्रति कोई दुर्भावना नहीं है। जो द्रोण भीष्म के कथन का समर्थन करते हुए कर्ण की निन्दा करते हैं-

रणे रणेऽभिमानी च विमुखश्चापि दृश्यते।
घृणी कर्णः प्रमादी च तेन मेऽअर्धरथो मतः।।

उन्ही द्रोण को भीष्म के घायल होकर गिरने पर कौरव सेना का सेनापति बनाए जाने का प्रस्ताव स्वयं कर्ण इन शब्दों में रखता है–

अयं च सर्वयोधानामाचार्यः स्थविरो गुरुः।
युक्त सेनापतिः कर्तुं द्रोणः शस्त्रभृतां वरः।।

जयद्रथ के मारे जाने पर क्षुब्ध दुर्योधन जब आचार्य की आलोचना करते हुए कहता है की इन्होंने अर्जुन को व्यूह के द्वार से अदंर जाने दिया। इस पर कर्ण द्रोणाचार्य को समझाते हैं कि गुरुवर कि निन्दा न करो-

आचार्यं मा विगर्हस्व शक्तूयासौ युध्यते द्विजः।
यथा बलं यथोत्साहं त्यक्वा जीवितमात्मनः।।

यधेनं समतिकम्य प्रविष्टः श्वेतवाहनः।
नात्र सूक्ष्मोऽपि दोषः स्यादाचार्यस्य कथंचन।।
(द्रोण पर्व 24 वाँ अध्याय)

जो भीष्म उद्योग पर्व में कर्ण की निन्दा करते हैं—

"परुषः कत्थनो नीचः कर्णों वैकर्तनस्तव।"
मंत्री नेता च बन्धुश्च मानी चात्यन्तमुच्छ्रितः।।

और जो उसे अर्धरथी कहकर उसका अवमूल्यन करते हैं उन्हीं के घायल होकर गिरने पर कर्ण को सूचना मिलते ही उनको देखने के लिखने के लिए दौड़ा आता है, भीष्म की दशा देख उसके आँसू आ जाते हैं गला रुँध जाता है।

निमीलिताक्षं तं वीरं साश्रु कण्ठस्तदा वषः।
भीष्म भीष्म महाबाहो इत्युवाच महाद्युतिः।।

भीष्म जब लगातार की जाने वाली उसकी निन्दा का कारण बताते हैं तो वह पश्चाताप करते हुए क्षमा माँगता है—

दुरुक्तं विप्रतीपं वा रभसाच्चापलात्तथा।
यन्मयेह कृतं किंचित तन्मे त्वं क्षन्तुमर्हसि।।

प्रायः यह समझा जाता है कि कर्ण दुर्योधन और शकुनि की कुटिल और क्रूरतापूर्ण योजनाओं में सम्मिलित था। किन्तु यह सत्य नहीं है। कर्ण और दुर्योधन को कभी भी न तो ऐसा परामर्श देता है और न उसकी कुटिल षडयन्त्रकारी योजनाओं का अनुमोदन करता है। इसका प्रमाण है आदि पर्व का 33 वाँ अध्याय। वारणावात योजना विफल होने पर पाण्डवों के द्रौपदी स्वयंवर के बाद हस्तिनापुर लौटने की सूचना पाकर दुर्योधन उन्हें नष्ट करने की अनेक छूल तथा क्रूरतायुक्त योजनाएँ धृतराष्ट्र के समक्ष रखता है और कर्ण के विचार जानना चाहता है तब कर्ण का उत्तर देखिए—

दुर्योधन तव प्रज्ञा न सम्यगिति में मतिः।
न ह् युपायेन ते शक्या पाण्डवाः कुरुवर्धन।।
तां विकमेण जित्वेमामखिलां भुंक्ष्व मेदिनीम्।
अतो नान्य प्रपश्यामि कार्योपनय जनाधिपः।।

महाभारत का प्रत्येक महापुरुष जानता है कि कर्ण कितने शूरवीर, शस्त्रास्त्रों के ज्ञाता, धर्मात्मा तथा दानवीर हैं। जो अश्वत्थामा कृपाचार्य का अपमान करने पर कर्ण को दुरात्मा व नीच कहकर मारने दौड़ता है। वही द्रौणवध के उपरान्त कौरव

सेना के सेनापति के चयन पर विचार विमर्श के समय प्रस्ताव रखता है कि कर्ण ही सेनापति बनाए जाने योग्य हैं। क्योंकि -

वैवस्वत इवासह्यः शक्तो जेतुं रणे रिपुन्।
वरो महेन्द्रो देवानां कर्णः प्रहरतां वरः।।

भीष्म भी उसकी आलोचना उसे हतोत्साहित के लिए करते रहते हैं ताकि दुर्योधन अपनी नीच योजनाओं से निवृत्त हो -

"तेजो वध निमित्तं तु परुषं त्वाहमब्रुवन्।"
"कुल भेदभयाच्चाहं सदा परुष मुक्तवान्।"

यथार्थ में वे जानते हैं -

जानामि समरे वीर्य शत्रु भिर्दुःसहं भुवि।
ब्रह्मण्यतां च शौर्यं च दाने च परमां स्थितम्।।

वे उसे पुरुषों में अनुपम देवता समान् गुणों में कृष्ण के समान और बल विक्रम में अर्जुन के समान बताते हैं -

"न त्वया सदृशः कश्चित् पुरुषेष्वमरोपम"।
"इष्वस्त्रे चास्त्रसंधाने लाघवेऽस्त्र बले तथा"।
सदृशः फाल्गुनेनासि कृष्णेन च महात्मना।।

शल्य भी महारथी अत्यन्त बलवान व उच्च वर्ग के क्षत्रिय और मद्राधिपति होने से अभिमानी हैं जब उन्हें कर्ण का सारथी बनना पड़ता है तो आत्मग्लानि, दर्प और कर्ण को हतोत्साहित करने के लिए वे उसको नाना प्रकार से तुच्छ बताते हैं किन्तु वही अर्जुन के सामने आने पर कर्ण से कहते हैं -

त्वं हि कृष्णौ रणे शक्त संसाधयितुमाहवे।
तवैव भारो राधेय प्रत्युद्याहि धनंजयम्।।

श्री कृष्ण तो सर्वज्ञ हैं ही। वे कर्ण की धर्मज्ञता, ज्ञान, त्याग, तप, दान दृ शीलता और शौर्य को जानते हैं -

त्वमेव कर्ण जानासि वेद वादान् सनातनान्।
त्वमेव धर्मशास्त्रेषु सूक्ष्मेषू परिनिष्ठितः।।

अर्जुन कहीं अभिमानवश कवच कुण्डल विहीन तथा इन्द्र प्रदत्त शक्ति के उपयोग के पश्चात् कर्ण को सामान्य योद्धा समझकर प्रमाद न कर बैठे इस आशंका से कृष्ण उसे सावधान करते हैं और तत्व की बात बताते हैं कि कर्ण कई अर्थों में भी श्रेष्ठ है—

अवश्यं तु मया वाच्यं यत्पथ्यं तव पाण्डव।
मावमंस्था महाबाहो कर्णमाहव शोभिनम्।
"त्वत्स्मं त्वद्विशिष्ठं वा कर्ण मन्ये मारथम्"।।
कर्णो हि बलवान दृप्त्त कृतास्त्रश्च महारथः।
कृती च चित्रयोधी च देशकालस्य कोविदः।
तेजसा वह्नि सदृशो वायुवेग समो जवे।
अन्तकप्रतिमः क्रोधे सिंहसंहननो बली।।
(कर्ण पर्व)

और यह कर्ण के विषय में अतिशयोक्ति नहीं है। कर्ण धृष्टद्युम्न आदि महारथियों को हराकर पांचालों तथा सोमकों का ऐसा विनाश करता है जैसा स्वयं भीष्म व द्रोण भी नहीं कर सके थे -

नैव भीष्मो न द्रोणो नान्ये युधि च तावकाः।
चकुः स्म तादृशं कर्म यादृशं वै कृतं रणे।।
(कर्ण पर्व)

युधिष्ठिर स्वीकार करते हैं कि कर्ण के आतंक से वे तेरह वर्ष रात को सुख से सो नहीं सके हैं।

त्रयोदशवर्षाणि यस्माद्भीतो धनंजय।
रात्रौ लेभे स्म न निद्रां न चाहनि सुखं क्वचित्।।
(कर्ण पर्व)

युधिष्ठिर, भीम, नकुल और सहदेव चारों भाइयों को युद्ध में वह पराजित कर देता है किन्तु कुन्ती को दिए गये वचन के कारण छोड़ देता है।?

वध प्राप्तं तु तं शूरो नाहनद धर्मवित्तदा।
स्मृत्वा कुन्त्याः वचो राजंस्तत एवं व्यसर्जत।।
(कर्ण पर्व)

युधिष्ठिर को पराजित कर कर्ण यह कहते हुए उन्हें छोड़ देते हैं -

स्व गृहं गच्छ कौन्तेय यत्र तौ केशवार्जुनौ।
न हि त्वां समरे राजन् हन्यात् कर्ण कथंचन।।
(कर्ण पर्व)

स्वयं अर्जुन भी कृष्ण भगवान की कृपा से ही कर्ण के बाणों से बच पाते हैं। फिर भी घायल हो कई बार मूर्छित होते हैं। कर्ण का वध करने में वे तभी सफल होते हैं जब वह युद्ध विरत हो धनुष त्याग रथ का फँसा हुआ पहिया निकाल रहा

होता है। कर्ण दूरदर्शी, ज्ञानी और तत्वज्ञ भी है। वे जानते हैं कि श्री कृष्ण स्वयं भगवान हैं दुष्ट राजाओं और अधर्म के विनाशार्थ जो महारण रचा जा रहा है उसके सूत्रधार श्री कृष्ण ही हैं। वह जानता है कि इस शस्त्र यज्ञ में सभी शूरवीर जिनमें वह भी शामिल हैं अपने प्राणों का उत्सर्ग करेंगे।

धार्तराष्ट्रस्य वार्ष्णेय शस्त्र यज्ञो भविष्यति।
अस्य यज्ञस्य वेत्तात्वं भविष्यसि जनार्दन।।
राजानो राजपुत्राश्च दुर्योधन वाशनुगाः।
रणे शस्त्राग्निना दग्धाः प्राप्स्यन्ति यम सादनम्।।
अहं चान्ये च राजानो यच्च तत् क्षत्रमण्डलम्।
गाण्डीवाग्निं प्रवेक्ष्याम इति मे नास्ति सशयः।।
(उद्योग पर्व 29 वां अध्याय)

भीष्म के कर्ण का रहस्यमय संवाद संकेत देता है कि दुष्ट क्षत्रियों और अधर्मी राजाओं की विनाश योजना में कर्ण भी कृष्ण के समान सूत्रधार है -

मा चौतद व्याधिमरणं क्षत्रं स्यादिति कौरव।
कोपिताः पाण्डवाः नित्यं समाश्रित्य सुयोधनम्।।
अवश्यभावी हनार्थोयं यो न शक्यों निवर्तितुम।
(भीष्म पर्व 30 वां अध्याय)

और कर्ण की दानवीरता तो प्रसिद्ध है ही अपने पिता सूर्य द्वारा सावधान करने पर भी विप्र रुपधारी इन्द्र को पहचान लेने पर भी उनका उद्देश्य जान लेने पर भी और यह जानते हुए भी कि भीषण रण होने वाला है वह अपने सहज कवच और दिव्य कुंडल उन्हें देकर अपना प्रण पालता है।

इन सब गुणों के होते भी व्यास जी ने कर्ण को एक अतिमानव के रूप चित्रित नहीं किया है उसमें मानवोचितं दोष भी हैं। उसमें उद्धतता है, आलोचना करने पर वह क्रुद्ध हो असहनशीलता का परिचय देता है और कृपाचार्य का अपमान करता है। अपना अपमान करने वाले के प्रति वह क्रूर हो जाता है। द्रोपदी ने स्वयम्वर में मैं सूतपुत्र का वरण नहीं करूँगी यह कहा था इस अपमान के सत्य से तिलमिलाया कर्ण द्यूत कक्ष में द्रोपदी के प्रति अपमानजनक शब्द भी कह देता है। अन्य महारथियों के साथ मिलकर अकेले अभिमन्यु को मारने मैं वह भी सम्मिलित है। ब्रह्मास्त्र विद्या प्राप्ति के लिए वह परशुराम से भी छल करता है और स्वयं को ब्राह्मण बताता है। और द्वैतवन में चित्ररथ गंधर्व से पराजित हो युद्ध से विमुख होता है।

इस प्रकार व्यास जी ने चन्द्रमा के कलंक को नहीं पोंछा है और पात्र चित्रण में अतिरंजना से बचे हैं। किन्तु कर्ण के गुणों की प्रभा में ये दोष छिप जाते हैं -

"एको हि दोषो गुण सन्निपाते निमज्जतींदोरू किरणेष्णिवाक्ङः।"

कर्ण महाभारत के सबसे प्रमुख पात्रों में से एक है। कर्ण की वास्तविक माँ कुन्ती थी। कर्ण का जन्म कुन्ती का पाण्डु के साथ विवाह होने से पूर्व हुआ था। कर्ण दुर्योधन का सबसे अच्छा मित्र था और महाभारत के युद्ध में वह अपने भाइयों के विरुद्ध लड़ा। वह सूर्य पुत्र था। कर्ण को एक आदर्श दानवीर माना जाता है क्योंकि कर्ण ने कभी भी किसी माँगने वाले को दान में कुछ भी देने से कभी भी मना नहीं किया भले ही इसके परिणामस्वरूप उसके अपने ही प्राण संकट में क्यों न पड़ गए हों।

कर्ण की छवि आज भी भारतीय जनमानस में एक ऐसे महायोद्धा की है जो जीवनभर प्रतिकूल परिस्थितियों से लड़ता रहा। बहुत से लोगों का यह भी मानना है कि कर्ण को कभी भी वह सब नहीं मिला जिसका वह वास्तविक रूप से अधिकारी था। तर्कसंगत रूप से कहा जाए तो हस्तिनापुर के सिंहासन का वास्तविक अधिकारी कर्ण ही था क्योंकि वह कुरु राजपरिवार से ही था और युधिष्ठिर और दुर्योधन से ज्येष्ठ था, लेकिन उसकी वास्तविक पहचान उसकी मृत्यु तक अज्ञात ही रही।

कर्ण की छवि द्रौपदी का अपमान किए जाने और अभिमन्यु वध में उसकी नकारात्मक भूमिका के कारण धूमिल भी हुई थी लेकिन कुल मिलाकर कर्ण को एक दानवीर और महान योद्धा माना जाता है।

2

जन्म कथा

कुंती श्रीकृष्ण के पिता वसुदेव की बहन और भगवान कृष्ण की बुआ थीं। महाराज कुंतिभोज से कुंती के पिता शूरसेन की मित्रता थी। कुंतिभोज को कोई संतान नहीं थी अतः उन्होंने शूरसेन से कुंती को गोद मांग लिया। कुंतिभोज के यहाँ रहने के कारण ही कुंती का नाम कुंती पड़ा। हालांकि पहले इनका नाम पृथा था। कुंती (पृथा) का विवाह राजा पांडु से हुआ था।

यदुवंशी राजा शूरसेन की पोषित कन्या कुन्ती जब सयानी हुई तो पिता ने उसे घर आये हुये महात्माओं के सेवा में लगा दिया। पिता के अतिथिगृह में जितने भी साधु-महात्मा, ऋषि-मुनि आदि आते, कुन्ती उनकी सेवा मन लगा कर किया करती थी। एक बार वहाँ दुर्वासा ऋषि आ पहुँचे। कुन्ती ने उनकी भी मन लगा कर सेवा की।

कुन्ती की सेवा से प्रसन्न हो कर दुर्वासा ऋषि ने कहा, पुत्री! मैं तुम्हारी सेवा से अत्यन्त प्रसन्न हुआ हूँ अतः तुझे एक ऐसा मन्त्र देता हूँ जिसके प्रयोग से तू जिस देवता का स्मरण करेगी वह तत्काल तेरे समक्ष प्रकट हो कर तेरी मनोकामना पूर्ण करेगा। इस प्रकार दुर्वासा ऋषि कुन्ती को मन्त्र प्रदान कर के चले गये। ऐसा माना जाता है कि कर्णदा नदी का नाम कर्ण के नाम पर रखा गया था।

मन्त्र की सत्यता

एक दिन कुन्ती ने उस मन्त्र की सत्यता की जाँच करने के लिये एकान्त स्थान पर बैठ कर उस मन्त्र का जाप करते हुये सूर्यदेव का स्मरण किया। उसी क्षण सूर्यदेव वहाँ प्रकट हो कर बोले, देवि! मुझे बताओ कि तुम मुझसे किस वस्तु की अभिलाषा करती हो। मैं तुम्हारी अभिलाषा अवश्य पूर्ण करूँगा। इस पर कुन्ती ने कहा, हे देव! मुझे आपसे किसी भी प्रकार की अभिलाषा नहीं है। मैंने मन्त्र की सत्यता परखने के लिये जाप किया है। कुन्ती के इन वचनों को सुन कर सूर्यदेव बोले, हे कुन्ती! मेरा आना व्यर्थ नहीं जा सकता। मैं तुम्हें एक अत्यन्त पराक्रमी तथा दानशील पुत्र देता हूँ। इतना कह कर सूर्यदेव अन्तर्धान हो गये।

जब कुंती हो गई गर्भवती हो गई, तब लज्जावश यह बात वह किसी से नहीं कह सकी और उसने यह छिपाकर रखा। समय आने पर उसके गर्भ से कवच-कुंडल धारण किए हुए एक पुत्र उत्पन्न हुआ। कुंती ने उसे एक मंजूषा में रखकर रात्रि को गंगा में बहा दिया।

वह बालक गंगा में बहता हुआ एक किनारे से जा लगा। उस किनारे पर ही धृतराष्ट्र का सारथी अधिरथ अपने अश्व को जल पिला रहा था। उसकी दृष्टि मंजूषा

में रखे इस शिशु पर पड़ी। अधिरथ ने उस बालक को उठा लिया और अपने घर ले गया। अधिरथ निःसंतान था। अधिरथ की पत्नी का नाम राधा था। राधा ने उस बालक का अपने पुत्र के समान पालन किया। उस बालक के कान बहुत ही सुन्दर थे इसलिए उसका नाम कर्ण रखा गया। इस सूत दंपति ने ही कर्ण का पालन-पोषण किया था इसलिए कर्ण को सूतपुत्र कहा जाता था तथा राधा ने उस पाला था इसलिए उसे राधेय भी कहा जाता था।

कर्ण का पालन-पोषण चम्पा नगरी (वर्तमान बिहार राज्य के भागलपुर जिले में), जो गंगा के किनारे एक व्यापारिक केंद्र था, में सूत परिवार में हुआ था। इनके पालक पिता अधिरथ थे और माता राधादेवी थी। पिता रथ संचालन करते थे।

क्षत्रियाद्विप्र कन्यायां सूतो भवति जातितः।
वैश्यान्मागध वैदेहो राजविप्राड.गना सुतौ।।
-10वें अध्याय का 11वां श्लोक

मनु स्मृति से हमें ज्ञात होता है कि सूत शब्द का प्रयोग उन संतानों के लिए होता था, जो ब्राह्मण कन्या से क्षत्रिय पिता द्वारा उत्पन्न हों। लेकिन कर्ण तो सूत्र पुत्र नहीं, सूर्यदेव के पुध्त्र थे। इस सूत को कालांतर में बिगाड़कर शूद्र कहा जाने लगा। अंततः शूद्र कौन, इसका भी अर्थ बदला जाने लगा।

कर्ण को शस्त्र विद्या की शिक्षा द्रोणाचार्य ने ही दी थी। कर्ण द्रोणाचार्य से ब्रह्मास्त्र का प्रयोग भी सीखना चाहता था लेकिन द्रोण को कर्ण की उत्पत्ति के संबंध में कुछ मालूम नहीं था इसलिए उन्होंने कर्ण को ब्रह्मास्त्र की शिक्षा नहीं दी।

महाभारत के कर्ण केवल शूरवीर या दानी ही नहीं थे अपितु कृतज्ञता, मित्रता, सौहार्द, त्याग और तपस्या का प्रतिमान भी थे। वे ज्ञानी, दूरदर्शी, पुरुषार्थी और नीतिज्ञ भी थे और धर्मतत्व समझते थे। वे दृढ़ निश्चयी और अपराजेय भी थे। सचमुच कर्ण का व्यक्तित्व रहस्यमय है। उनके व्यक्तित्व के हजारों रंग हैं, लेकिन एक जगह उन्होंने झूठ का सहारा लिया और अपने व्यक्तित्व में काले रंग को भी स्थान दे दिया।

3

विद्या अर्जन

कुमार अवास्था से ही कर्ण की रुचि अपने पिता अधिरथ के समान रथ चलाने कि बजाय युद्धकला में अधिक थी। कर्ण और उसके पिता अधिरथ आचार्य द्रोण से मिले जो कि उस समय युद्धकला के सर्वश्रेष्ठ आचार्यों में से एक थे। द्रोणाचार्य उस समय कुरु राजकुमारों को शिक्षा दिया करते थे। उन्होने कर्ण को शिक्षा देने से मना कर दिया क्योंकि कर्ण एक सारथी पुत्र था और द्रोण केवल क्षत्रियों को ही शिक्षा दिया करते थे। द्रोणाचार्य की असम्मति के उपरान्त कर्ण ने परशुराम से सम्पर्क किया जो कि केवल ब्राह्मणों को ही शिक्षा दिया करते थे। कर्ण ने स्वयं को ब्राह्मण बताकर परशुराम से शिक्षा का आग्रह किया। परशुराम ने कर्ण का आग्रह स्वीकार किया और कर्ण को अपने समान ही युद्धकला और धनुर्विद्या में निष्णात किया। कर्ण को उसके गुरु परशुराम और पृथ्वी माता से श्राप मिला था।

कर्ण की शिक्षा अपने अंतिम चरण पर थी। एक दोपहर की बात है, गुरु परशुराम कर्ण की जंघा पर सिर रखकर विश्राम कर रहे थे। कुछ देर बाद कहीं से एक बिच्छु आया और उसकी दूसरी जंघा पर काट कर घाव बनाने लगा। गुरु का विश्राम भंग ना हो इसलिए कर्ण बिच्छु को दूर ना हटाकर उसके डंक को सहता रहा। कुछ देर में गुरुजी की निद्रा टूटी और उन्होनें देखा की कर्ण की जांघ से बहुत रक्त बह रहा है। उन्होनें कहा कि केवल किसी क्षत्रिय में ही इतनी सहनशीलता हो सकती है कि वह बिच्छु डंक को सह ले, ना कि किसी ब्राह्मण में और परशुरामजी ने उसे

मिथ्या भाषण के कारण श्राप दिया कि जब भी कर्ण को उनकी दी हुई शिक्षा की सर्वाधिक आवश्यकता होगी, उसदिन वह उसके काम नहीं आएगी।

कर्ण, जो कि स्वयं ये नहीं जानता था कि वह किस वंश से है, ने अपने गुरु से क्षमा माँगी और कहा कि उसके स्थान पर यदि कोई और शिष्य भी होता तो वो भी यही करता। यद्यपि कर्ण को क्रोधवश श्राप देने पर उन्हें ग्लानि हुई पर वे अपना श्राप वापस नहीं ले सकते थे। तब उन्होनें कर्ण को अपना विजय नामक धनुष प्रदान किया और उसे ये आशीर्वाद दिया कि उसे वह वस्तु मिलेगी जिसे वह सर्वाधिक चाहता है - अमिट प्रसिद्धि। कुछ लोककथाओं में में माना जाता है कि बिच्छु के रुप में स्वयं इन्द्र थे, जो उसकी वास्तविक क्षत्रिय पहचान को उजागर करना चाहते थे।

परशुरामजी के आश्रम से जाने के पश्चात, कर्ण कुछ समय तक भटकता रहा। इस दौरान वह शब्दभेदी विद्या सीख रहा था। अभ्यास के दौरान उसने एक गाय के बछड़े को कोई वनीय पशु समझ लिया और उस पर शब्दभेदी बाण चला दिया और बछड़ा मारा गया। तब उस गाय के स्वामी ब्राह्मण ने कर्ण को श्राप दिया कि जिस

प्रकार उसने एक असहाय पशु को मारा है, वैसे ही एक दिन वह भी मारा जाएगा जब वह सबसे अधिक असहाय होगा और जब उसका सारा ध्यान अपने शत्रु से कहीं अलग किसी और काम पर होगा।

इस प्रकार कर्ण परशुराम का एक अत्यंत परिश्रमी और निपुण शिष्य बना। कर्ण दुर्योधन के आश्रय में रहता था। गुरु द्रोणाचार्य ने अपने शिष्यों की शिक्षा पूरी होने पर हस्तिनापुर में एक रंगभूमि का आयोजन करवाया। रंगभूमि में अर्जुन विशेष धनुर्विद्या युक्त शिष्य प्रमाणित हुआ। तभी कर्ण रंगभूमी में आया और अर्जुन द्वारा किए गए कर्तव्यों को पार करके उसे द्वंद्वयुद्ध के लिए ललकारा। कब कृपाचार्य ने कर्ण के द्वंद्वयुद्ध को अस्वीकृत कर दिया और उससे उसके वंश और साम्राज्य के विषय में पूछा - क्योंकि द्वंद्वयुद्ध के नियमों के अनुसार केवल एक राजकुमार ही अर्जुन को, जो हस्तिनापुर का राजकुमार था, द्वंद्वयुद्ध के लिए ललकार सकता था। तब कौरवों मे सबसे ज्येष्ठ दुर्योधन ने कर्ण को अंगराज घोषित किया जिससे वह अर्जुन से द्वंदयुद्ध के योग्य हो जाए। जब कर्ण ने दुर्योधन से पूछा कि वह उससे इसके बदले में क्या चाहता है, तब दुर्योधन ने कहा कि वह केवल ये चाहता है कि कर्ण उसका मित्र बन जाए।

इस घटना के बाद महाभारत के कुछ मुख्य संबंध स्थापित हुए, जैसे दुर्योधन और कर्ण के बीच सुदृढ़ संबंध बनें, कर्ण और अर्जुन के बीच तीव्र प्रतिद्वंद्विता और पाण्डवों तथा कर्ण के बीच वैमनस्य।

कर्ण, दुर्योधन का एक निष्ठावान और सच्चा मित्र था। यद्यपि वह बाद में दुर्योधन को खुश करने के लिए द्यूतक्रीड़ा में भागीदारी करता है, लेकिन वह आरंभ से ही इसके विरुद्ध था। कर्ण शकुनि को पसंद नहीं करता था और सदैव दुर्योधन को यही परमर्श देता कि वह अपने शत्रुओं को परास्त करने के लिए अपने युद्ध कौशल और बाहुबल का प्रयोग करे ना कि कुटिल चालों का। जब लाक्षागृह में पाण्डवों को मारने का प्रयास विफल हो जाता है, तब कर्ण दुर्योधन को उसकी कायरता के लिए डांटता है और कहता है कि कायरों की सभी चालें विफल ही होती हैं और उसे समझाता है कि उसे एक योद्धा के समान कार्य करना चाहिए और उसे जो कुछ भी प्राप्त करना है, उसे अपनी वीरता द्वारा प्राप्त करे। चित्रांगद की राजकुमारी से विवाह करने में भी कर्ण ने दुर्योधन की सहायता की थी। अपने स्वयंवर में उसने दुर्योधन को अस्वीकार कर दिया और तब दुर्योधन उसे बलपूर्वक उठा कर ले गया। तब वहाँ उपस्थित अन्य राजाओं ने उसका पीछा किया, लेकिन कर्ण ने अकेले ही उन सबको परास्त कर दिया। परास्त राजाओं में जरासंध, शिशुपाल,

दंतवक्र, साल्व और रुक्मी इत्यादि थे। कर्ण की प्रशंसा स्वरूप, जरसंध ने कर्ण को मगध का एक भाग दे दिया। भीम ने बाद में श्रीकृष्ण की सहायता से जरासंध को परास्त किया लेकिन उससे बहुत पहले कर्ण ने उसे अकेले परास्त किया था। कर्ण ही ने जरासंध की इस दुर्बलता को उजागर किया था कि उसकी मृत्यु केवल उसके धड़ को पैरों से चीर कर दो टुकड़ों मे बाँट कर हो सकती है।

प्रशिक्षण

कुमार अवास्था से ही कर्ण की रुचि अपने पिता अधिरथ के समान रथ चलाने कि बजाय युद्धकला में अधिक थी। कर्ण और उसके पिता अधिरथ आचार्य द्रोण से मिले जो उस समय युद्धकला के सर्वश्रेष्ठ आचार्यों में से एक थे। द्रोणाचार्य उस समय कुरु राजकुमारों को शिक्षा दिया करते थे। उन्होने कर्ण को शिक्षा देने से मना कर दिया क्योंकि कर्ण एक सारथी पुत्र था और द्रोण केवल क्षत्रियों को ही शिक्षा दिया करते थे।

द्रोणाचार्य की असम्मति के उपरान्त कर्ण ने परशुराम से सम्पर्क किया जो कि केवल ब्राह्मणों को ही शिक्षा दिया करते थे। कर्ण ने स्वयं को ब्राह्मण बताकर परशुराम से शिक्षा का आग्रह किया। परशुराम ने कर्ण का आग्रह स्वीकार किया और कर्ण को अपने समान ही युद्धकला और धनुर्विद्या में निष्णात किया। इस प्रकार कर्ण परशुराम का एक अत्यन्त परिश्रमी और निपुण शिष्य बना।

परशुराम का शिष्य

परशुराम की इतनी प्रशंसा सुनकर कर्ण के मन में उनके प्रति सम्मान पैदा हो गया। वे परशुराम के शिष्य बनकर उनसे धनुर्विद्या सीखने के इच्छुक थे। लेकिन उनके मन में शंका थी कि क्या परशुराम उन्हें अपना शिष्य बनायेंगे ? कर्ण साहस कर परशुराम के आश्रम में पहुँचे परशुराम ने पूछा कि ''बेटा तुम कौन हो ?'' कर्ण ने उन्हें अपना परिचय दिया तथा कहा कि ''आप अद्वितीय योद्धा हैं और धनुर्विद्या में आपका कोई सानी नहीं है। मैं आपसे धनुर्विद्या सीखना चाहता हूँ। मुझे अपने शिष्य के रूप में स्वीकार कीजिये।''

कर्ण की श्रद्धा और लगन देखकर परशुराम ने उन्हें अपना शिष्य बना लिया। धनुर्विद्या में कर्ण की प्रतिभा देखकर वे चकित हो उठे। उन्होंने कर्ण को धनुर्विद्या सिखाना प्रारंभ किया। उन दिनों सिर्फ क्षत्रिय तथा ब्राह्मण ही गुरू के पास रहकर धनुर्विद्या सीख सकते थे।

परशुराम क्षत्रियों से घृणा करते थे। अतः वे सिर्फ ब्राह्मणों को ही शिक्षा देते थे। उन्होंने सोचा कि कर्ण ब्राह्मण है। कर्ण ने भी अपने ब्राह्मण न होने की बात छिपा रखी। कर्ण बिना किसी बाधा के परशुराम से शिक्षा ग्रहण करते रहे। उनकी बुद्धि अत्यंत तीक्ष्ण थी। परशुराम ने उन्हें धनुर्विद्या में पारंगत बना दिया। अपने गुरू की उन्होंने अत्यंत श्रद्धापूर्वक सेवा की।

एक दिन परशुराम कुछ थके से थे। कर्ण की गोद में सिर रखकर सो रहे थे। इसी समय एक मधुमक्खी कहीं से आकर कर्ण की जांघ पर बैठ गयी और काटने लगी। कर्ण ने सोचा कि यदि वे जरा भी हिले-डुले तो गुरू की निद्रा भंग हो जायेगी। मधुमक्खी के काटने से कर्ण की जांघ खून से बहने लगा। जब परशुराम के गाल पर खून लगा तो वे उठ बैठे और कर्ण से पूछा, "बेटा, इतना खून कहाँ से बहा ?" कर्ण ने उन्हें सारी बात बता दी। परशुराम ने फिर पूछा "तुमने इतना दर्द चुपचाप सहन कर लिया ?" कर्ण ने जवाब दिया "मुझे कुछ अधिक दर्द नहीं हुआ।"

परशुराम को इससे आश्चर्य हुआ। उन्होंने कर्ण को सिर से लेकर पैर तक देखा। वे अब तक यही समझ रहे थे कि कर्ण ब्राह्मण-पुत्र है लेकिन कोमल शरीर वाला ब्राह्मण इतनी असह्य वेदना सहन नहीं कर सकता। परशुराम को शंका हो गयी कि कर्ण क्षत्रिय है। उन्होंने कठोर स्वर में कर्ण से पूछा, "कर्ण" "कर्ण ने कहा, "आज्ञा गुरुदेव !" परशुराम ने कहा, "मुझे सच-सच बताओ कि तुम कौन हो ?

क्या तुमने मुझसे कुछ छिपाया है ?" "मैंने क्या छिपाया, मैं नहीं जानता।" कर्ण ने जवाब दिया। परशुराम ने पूछा, "क्या तुम ब्राह्मण के लड़के हो? मुझे सत्य बताओ।"

कर्ण ने कोई जवाब नहीं दिया। वे मौन खड़े रहे। वे सिर झुकाकर मौन खड़े थे। वे यही समझते थे कि उन्हें पालने वाला अधीरथ ही उनके पिता हैं। अधीरथ एक सारथी थे। कर्ण एक सारथी के पुत्र थे। वे ब्राह्मण या क्षत्रिय नहीं थे। कर्ण सोचने लगे, वे अपने गुरू को क्या जवाब दें। वे दुखी हो उठे। साथ ही साथ उन्हें डर भी लग रहा था। कर्ण के मौन से परशुराम समझ गये कि उनकी शंका सच है। गुस्से में वे कर्ण की नम्रता, साहस, गुरूभक्ति तथा धनुर्विद्या सीखने के प्रति उनका प्रेम सब भूल गये। उन्होंने कर्ण को शाप दिया, "लड़के ! क्या तुमने अपने गुरू को धोखा देकर शिक्षा प्राप्त नहीं की ? मैंने तुम्हें शक्तिशाली अस्त्रों का उपयोग करना सिखाया लेकिन जब तुम्हें उनकी सबसे ज्यादा आवश्यकता पड़ेगी, तभी तुम उनका प्रयोग करना भूल जाओगे ?"

कर्ण को ऐसा महसूस हुआ, मानों उनके पैरों तले की जमीन खिसक गयी है। उन्होंने अपने गुरू का दिल दुखाया है। इससे उन्हें गुरु ने शाप भी दिया है। वे समझ नहीं पाये कि उन्हें अब क्या करना चाहिये। इसी अवस्था में वे परशुराम के आश्रम को छोड़कर चले गये।

परशुराम कौन थे

परशुराम रामायण काल के दौरान के मुनी थे। पूर्वकाल में कन्नौज नामक नगर में गाधि नामक राजा राज्य करते थे। उनकी सत्यवती नाम की एक अत्यन्त रूपवती कन्या थी। राजा गाधि ने सत्यवती का विवाह भृगुनन्दन ऋषीक के साथ कर दिया। सत्यवती के विवाह के पश्चात वहाँ भृगुजी ने आकर अपने पुत्रवधू को आशीर्वाद दिया और उससे वर माँगने के लिये कहा। इस पर सत्यवती ने श्वसुर को प्रसन्न देखकर उनसे अपनी माता के लिये एक पुत्र की याचना की। सत्यवती की याचना पर भृगु ऋषि ने उसे दो चरु पात्र देते हुये कहा कि जब तुम और तुम्हारी माता ऋतु स्नान कर चुकी हो तब तुम्हारी माँ पुत्र की इच्छा लेकर पीपल का आलिंगन करें और तुम उसी कामना को लेकर गूलर का आलिंगन करना। फिर मेरे द्वारा दिये गये इन चरुओं का सावधानी के साथ अलग अलग सेवन कर लेना।

इधर जब सत्यवती की माँ ने देखा कि भृगुजी ने अपने पुत्रवधू को उत्तम सन्तान होने का चरु दिया है तो अपने चरु को अपनी पुत्री के चरु के साथ बदल

दिया। इस प्रकार सत्यवती ने अपनी माता वाले चरु का सेवन कर लिया। योग शक्ति से भृगुजी को इस बात का ज्ञान हो गया और वे अपनी पुत्रवधू के पास आकर बोले कि पुत्री! तुम्हारी माता ने तुम्हारे साथ छल करके तुम्हारे चरु का सेवन कर लिया है। इसलिये अब तुम्हारी सन्तान ब्राह्मण होते हुये भी क्षत्रिय जैसा आचरण करेगी और तुम्हारी माता की सन्तान क्षत्रिय होकर भी ब्राह्मण जैसा आचरण करेगा। इस पर सत्यवती ने भृगुजी से विनती की कि आप आशीर्वाद दें कि मेरा पुत्र ब्राह्मण का ही आचरण करे, भले ही मेरा पौत्र क्षत्रिय जैसा आचरण करे। भृगुजी ने प्रसन्न होकर उसकी विनती स्वीकार कर ली।

समय आने पर सत्यवती के गर्भ से जमदग्नि का जन्म हुआ। जमदग्नि अत्यन्त तेजस्वी थे। बड़े होने पर उनका विवाह प्रसेनजित की कन्या रेणुका से हुआ। रेणुका से उनके पाँच पुत्र हुये जिनके नाम थे रुक्मवान, सुखेण, वसु, विश्’वानस और परशुराम। एक बार रेणुका सरितास्नान के लिये गई। दैवयोग से चित्ररथ भी वहाँ पर जल-क्रीड़ा कर रहा था। चित्ररथ को देख कर रेणुका का चित्त चंचल हो उठा। इधर जमदग्नि को अपने दिव्य ज्ञान से इस बात का पता चल गया। इससे क्रोधित होकर उन्होंने बारी-बारी से अपने पुत्रों को अपनी माँ का वध कर देने की आज्ञा दी। रुक्मवान, सुखेण, वसु और विश्’वानस ने माता के मोहवश अपने पिता की आज्ञा नहीं मानी, किन्तु परशुराम ने पिता की आज्ञा मानते हुये अपनी माँ का सिर काट डाला। अपनी आज्ञा की अवहेलना से क्रोधित होकर जमदग्नि ने अपने चारों पुत्रों को जड़ हो जाने का शाप दे दिया और परशुराम से प्रसन्न होकर वर माँगने के लिये कहा। इस पर परशुराम बोले कि हे पिताजी! मेरी माता जीवित हो जाये और उन्हें अपने मरने की घटना का स्मरण न रहे। परशुराम जी ने यह वर भी माँगा कि मेरे अन्य चारों भाई भी पुनः चेतन हो जायें और मैं युद्ध में किसी से परास्त न होता हुआ दीर्घजीवी रहूँ। जमदग्नि जी ने परशुराम को उनके माँगे वर दे दिये।

इस घटना के कुछ काल पश्चात एक दिन जमदग्नि ऋषि के आश्रम में कार्तृतवीर्य अर्जुन आये। जमदग्नि मुनि ने कामधेनु गौ की सहायता से कार्तृतवीर्य अर्जुन का बहुत आदर सत्कार किया। कामधेनु गौ की विशेषतायें देखकर कार्तृतवीर्य अर्जुन ने जमदग्नि से कामधेनु गौ की माँग की किन्तु जमदग्नि ने उन्हें कामधेनु गौ को देना स्वीकार नहीं किया। इस पर कार्तृतवीर्य अर्जुन ने क्रोध में आकर जमदग्नि ऋषि का वध कर दिया और कामधेनु गौ को अपने साथ ले जाने लगा। किन्तु कामधेनु गौ तत्काल कार्तृतवीर्य अर्जुन के हाथ

से छूट कर स्वर्ग चली गई और कार्तृतवीर्य अर्जुन को बिना कामधेनु गौ के वापस लौटना पड़ा।

इस घटना के समय वहाँ पर परशुराम उपस्थित नहीं थे। जब परशुराम वहाँ आये तो उनकी माता छाती पीट-पीट कर विलाप कर रही थीं। अपने पिता के आश्रम की दुर्दशा देखकर और अपनी माता के दुःख भरे विलाप सुन कर परशुराम जी ने इस पृथ्वी पर से क्षत्रियों के संहार करने की शपथ ले ली। पिता का अन्तिम संस्कार करने के पश्चात परशुराम ने कार्तृतवीर्य अर्जुन से युद्ध करके उसका वध कर दिया। इसके बाद उन्होंने इस पृथ्वी को इक्कीस बार क्षत्रियों से रहित कर दिया और उनके रक्त से समन्तपंचक क्षेत्र में पाँच सरोवर भर दिये। अन्त में महर्षि ऋचीक ने प्रकट होकर परशुराम को ऐसा घोर कृत्य करने से रोक दिया। अब परशुराम ब्राह्मणों को सारी पृथ्वी का दान कर महेन्द्र पर्वत पर तप करने हेतु चले आये हैं।

हस्तिनावती में

हस्तिनावती नगरी में पांडव तथा कौरव राजकुमारों की धनुर्विद्या के कौशल का प्रदर्शन आयोजित किया गया था। राजकुमारों की शिक्षा अभी हाल ही में पूरी हुयी थी। जब कर्ण को यह खबर मिली तब वे राजकुमारों की धनुर्विद्या का कौशल देखने के लिये हस्तिनावती नगरी आये। हस्तिनावती के बाहर एक बहुत बड़ा मैदान था। वहाँ सारी व्यवस्था थी। मैदान के बीच एक विशाल घेरा बना था। शेष मैदान दर्शकों से खचाखच भरा था। राजपरिवार के सदस्य भी मैदान में उपस्थित थे।

राजकुमारों की कला का प्रदर्शन शुरू हुआ। राजकुमारों ने घुड़सवारी, तलवारबाजी तथा रथ चलाने के अद्भुत कारनामें दिखाये। हाथी पर बैठकर युद्ध कैसे करते हैं, यह भी उन्होंने दिखाया। अर्जुन ने धनुर्विद्या में सुन्दर प्रदर्शन किया। भारी बाणों का प्रयोग देखकर तो लोगों ने दाँतों तले अंगुली दबा ली। वे यह कहते हुये उसकी प्रशंसा करने लगे कि ''अर्जुन धनुर्विद्या में सर्वश्रेष्ठ एवं अद्वितीय है।''

पार्थ! गर्व मत करो

उसी समय दरवाजे के निकट कठोर ध्वनि सुनाई दी। लोग मुड़कर देखने लगे। एक युवक आगे बढ़ता चला आ रहा था। उसका तेज, उसका बलिष्ठ शरीर,

लंबाई, चमकदार कवच तथा कुंडल देखकर लोग स्तंभित रह गये। मैदान में उपस्थित दर्शक कानाफूसी करने लगे। यह युवक कर्ण थे। वह मैदान में बने गोलाकार स्थल पर आये तथा अर्जुन की ओर मुड़कर कहने लगे–

"पार्थ ! तुम यह मत सोचो कि धनुर्विद्या में तुमसे श्रेष्ठ और कोई नहीं है। मैं धनुर्विद्या में तुमसे कहीं बहुत अधिक श्रेष्ठ कला का प्रदर्शन कर दिखाता हूं।" इतना कहकर कर्ण ने अपनी कला का प्रदर्शन किया। उन्होंने 'पर्जन्य' अस्त्र आकाश में छोड़ा और वर्षा होने लगी। 'वायव्य' का प्रयोग कर कर्ण ने वर्षा बंद करवा दी। 'आग्नेय' अस्त्र छोड़कर उन्होंने अग्नि उत्पन्न की तथा 'वरुण' से उसे बुझा भी दिया। धातु के बने तेजी से घूमते हुये सूअर के मुँह में उन्होंने पाँच बाण छोड़े। इसके बाद अंतर्धान हथियार का प्रयोग कर कर्ण अदृश्य हो गये। पलक झपकते ही वे गोलाकर के दूसरे भाग में दिखाई दिये। फिर गदा हाथ में लेकर, वे उसे चलाने लगे। गदायुद्ध का भी प्रदर्शन उन्होंने किया। जनता शस्त्र-कला में कर्ण की निपुणता देखकर दंग रह गयी।

प्रदर्शन खत्म होते ही दुर्योधन ने कर्ण को अपने बाहुपाश में लिया तथा कहने लगा, "हे अद्वितीय योद्धा ! तुम्हारे साहस और शस्त्र-कला से मैं अत्यंत प्रसन्न हुआ हूं। मैं तथा मेरा राज्य तुम्हारा है। जो चाहो, मांग सकते हो। मैं तुम्हारी इच्छा तुरंत पूरी कर दूंगा।" कर्ण ने कहा, "महाराज, मुझे कुछ नहीं चाहिये। मैं सिर्फ आपकी मित्रता और अर्जुन से धनुर्विद्या में मुकाबला करना चाहता हूं।" दुर्योधन ने कहा "तुम्हारी दोनों इच्छायें पूरी होंगी। आज से तुम मेरे घनिष्ट मित्र हुये। तुम मेरे बराबर हो। अब मुझे भविष्य में किसी से डरने की कोई जरूरत नहीं।"

अर्जुन निकट ही खड़े थे। इन सब बातों से वे उत्तेजित हो गये। उन्होंने कहा, "कर्ण ! हमने तुम्हें निमंत्रित नहीं किया था लेकिन फिर भी तुम आये। हमने तुमसे बोलने के लिये नहीं कहा था, लेकिन तुम बहुत अधिक बोल रहे हो। तुमने एक शांत सभा में बाधा पहुंचाई है। मैं तुरंत तुम्हें मार डालूंगा। हथियार संभालो और युद्ध के लिये तैयार हो जाओ।"

अर्जुन की बातें सुनकर कर्ण क्रोधित हो उठे। उन्होंने कहा, "अर्जुन, यह क्षेत्र तुम्हारे लिये ही सुरक्षित नहीं है। यह एक सार्वजनिक स्थल है। जिस किसी को धनुर्विद्या आती हो, वह यहाँ आकर उसका प्रदर्शन कर सकता है। तुम्हें क्या आपत्ति है ? तुम मेरा अपमान कर रहे हो। क्या एक सच्चा योद्धा इस तरह की बातें बोलता

है ? आओ, युद्ध करो। मैं अभी यहाँ, इसी क्षण तुम्हें अपने बाणों का शिकार बना दूंगा।''

कर्ण और अर्जुन युद्ध के लिये तैयार हो गये। राजकुमारों के गुरू द्रोणाचार्य को इस लड़ाई की सहमति देनी पड़ी। मैदान में बैठे दर्शकों में तरह-तरह की बातें होने लगी। पांडवों की माता कुंती अर्जुन और कर्ण के बीच लड़ाई की खबर सुनते ही बेहोश हो गयी। कृपाचार्य द्वंद्वयुद्ध के नियमों को अच्छी तरह जानते थे। वे बीच में गये तथा उन्होंने कर्ण से कहा,

''देखो कर्ण, अर्जुन - जिससे तुम युद्ध करना चाहते हो, चंद्रवंश का राजकुमार है। वह राजा पांडू का पुत्र है। अतः उसका मुकाबला करने वाला व्यक्ति सब मामलों में उसके बराबर होना चाहिये। तुम किसके पुत्र हो ? तुम्हारी जाति कौन सी है ? तुम किसके शिष्य हो ? वह सभी जानकारी इस सभा को दो।

शर्म तथा दुख से कर्ण का सिर झुक गया। उन्होंने सोचा, ''मैं सारथी का पुत्र हूं। अतः ऐसा लगता है कि मैं नीच जाति का हूं। इसे यह लोग तूल दे रहे हैं कि मैं कौन हूं, इससे क्या फर्क पड़ता है ?'' लेकिन उस समय की परंपरा ही ऐसी थी कि कर्ण कुछ नहीं कर सकते थे। वे मौन खड़े रहे।

अंग-नरेश कर्ण

जब दुर्योधन ने यह देखा, तब वह क्रोधित होकर कहने लगा, ''कृपाचार्य, आप क्या कह रहे हैं ? आप सोचते हैं कि अर्जुन राजकुमार है, कर्ण नहीं ? तब ठीक है। मैं अभी इसी क्षण कर्ण को राजा बताता हूं। तब वह अर्जुन को चुनौती दे सकता है ? कहिये ?'' इतना कहकर दुर्योधन ने कर्ण को वहीं पर अंग प्रदेश का राजा बना दिया। जनता ने एक स्वर में उसे अपनी सहमति प्रदान की। कर्ण ने कृतज्ञता प्रकट करते हुये दुर्योधन से कहा, ''महाराज मैं आपके इस अहसान को कैसे चुका सकता हूं ? दुर्योधन ने कहा, ''कर्ण, मैं तुम्हारी दोस्ती की कदर करता हूं। यह हमेशा बनी रहे।'' इतना कहकर दुर्योधन ने कर्ण को गले लगा लिया।

अर्जुन और कर्ण युद्ध शुरू ही करने वाले थे कि अधीरथ वहाँ आ पहुंचे। उन्होंने कुछ क्षण पूर्व ही अपने पुत्र के राजा बनने की खबर सुनी थी। कर्ण अपने पिता के पास गये तथा उन्हें नमन किया। अधीरथ ने अपने पुत्र को बाहों में भरकर आशीर्वाद देते हुये कहा, ''बेटा, तुम्हारी कीर्ति बढ़ती रहे।'' भीम, जो यह देख रहे थे, समझ गये कि कर्ण अधीरथ के पुत्र हैं।

भीम ने गर्जना करते हुये कहा, "हे कर्ण क्या तुम सारथी अधीरथ के पुत्र नहीं हो ? तब तुम चंद्रवंशी अर्जुन की बराबरी कैसे कर सकते हो ? पवित्र अग्नि के पास खड़े होने से ही क्या एक कुत्ता पवित्र प्रसाद प्राप्त करने का अधिकार पा सकता है। तुम अंग प्रांत के राजा बनने के योग्य नहीं हो। तुम तो युद्ध में अर्जुन के हाथों मारे जाने के योग्य भी नहीं हो।'' जब दुर्योधन ने यह सुना तो वह उत्तेजित हो गया। वह भीम की तरफ मुड़कर चीखा, "तुम्हारी वाणी एक क्षत्रिय के योग्य नहीं है। क्षत्रिय साहस को ज्यादा महत्व देता है। कर्ण की जाति की तुलना उसकी वीरता से करना कहाँ तक ठीक है ? इंद्र का शक्तिशाली हथियार वज्रायुध महर्षि दधीचि की हड्डियों से बना था। द्रोणाचार्य एक पवित्र कुंभ में जन्में थे। कहा जाता है कि महर्षि कृपाचार्य का जन्म पवित्र दूब से हुआ था। तब जन्म का सवाल ही कहाँ है ? कर्ण पवित्र कुंडल कवच के साथ पैदा हुये हैं। वे सूर्य की तरह तेजस्वी हैं। ऐसा व्यक्ति अंग राज्य का राजा बनने योग्य क्यों नहीं है ? यदि किसी को कर्ण का राज्याभिषेक मंजूर न हो, तो वह कर्ण से युद्ध करे तथा विजयी हो।''

दुर्योधन की घोषणा से जनसमुदाय में हलचल मच गयी। शाम हो चली थी और अंधेरा छाने लगा था। सभा समाप्त हो गयी। लोग कर्ण की शक्ति की प्रशंसा करते हुये घर लौटे।

दुर्योधन का घनिष्ठ मित्र

गुरु द्रोणाचार्य ने अपने शिष्यों की शिक्षा पूरी होने पर हस्तिनापुर में एक रंगभूमि का आयोजन करवाया। रंगभूमि में अर्जुन विशेष धनुर्विद्या युक्त शिष्य प्रमाणित हुआ। तभी कर्ण रंगभूमी में आया और अर्जुन द्वारा किए गए करतबों को पार करके उसे द्वन्द्वयुद्ध के लिए ललकारा। कब कृपाचार्य ने कर्ण के द्वन्द्वयुद्ध को अस्वीकृत कर दिया और उससे उसके वंश और साम्राज्य के विषय में पूछा - क्योंकि द्वन्द्वयुद्ध के नियमों के अनुसार केवल एक राजकुमार ही अर्जुन को, जो हस्तिनापुर का राजकुमार था, द्वन्द्वयुद्ध के लिए ललकार सकता था। तब कौरवों मे सबसे ज्येष्ठ दुर्योधन ने कर्ण को अंगराज घोषित किया जिससे वह अर्जुन से द्वन्द्वयुद्ध के योग्य हो जाए। जब कर्ण ने दुर्योधन से पूछा कि वह उससे इसके बदले में क्या चाहता है, तब दुर्योधन ने कहा कि वह केवल ये चाहता है कि कर्ण उसका मित्र बन जाए।

इस घटना के बाद महाभारत के कुछ मुख्य सम्बन्ध स्थापित हुए, जैसे दुर्योधन और कर्ण के बीच सुदृढ़ सम्बन्ध बनें, कर्ण और अर्जुन के बीच तीव्र प्रतिद्वन्द्विता और पाण्डवों तथा कर्ण के बीच वैमनस्य।

कर्ण, दुर्योधन का एक निष्ठावान और सच्चा मित्र था।

यद्यपि वह बाद में दुर्योधन को प्रसन्न करने के लिए द्यूतक्रीड़ा में भागीदारी करता है, लेकिन वह आरम्भ से ही इसके विरुद्ध था। कर्ण शकुनि को पसन्द नहीं करता था और सदैव दुर्योधन को यही परमर्श देता कि वह अपने शत्रुओं को परास्त करने के लिए अपने युद्ध कौशल और बाहुबल का प्रयोग करे ना कि कुटिल चालों का। जब लाक्षागृह में पाण्डवों को मारने का प्रयास विफल हो जाता है, तब कर्ण दुर्योधन को उसकी कायरता के लिए डाँटता है और कहता है कि कायरों की सभी चालें विफल ही होती हैं और उसे समझाता है कि उसे एक योद्धा के समान कार्य करना चाहिए और उसे जो कुछ भी प्राप्त करना है, उसे अपनी वीरता द्वारा प्राप्त करे। चित्रांगद की राजकुमारी से विवाह करने में भी कर्ण ने दुर्योधन की सहायता की थी। अपने स्वयंवर में उसने दुर्योधन को अस्वीकार कर दिया और तब दुर्योधन उसे बलपूर्वक उठा कर ले गया। तब वहाँ उपस्थित अन्य राजाओं ने उसका पीछा किया, लेकिन कर्ण ने अकेले ही उन सबको परास्त कर दिया। परास्त राजाओं में जरासन्ध, शिशुपाल, दन्तवक्र, साल्व और रुक्मी इत्यादि थे। कर्ण की प्रशंसा स्वरूप, जरासन्ध ने कर्ण को मगध का एक भाग दे दिया। भीम ने बाद में श्रीकृष्ण की सहायता से जरासन्ध को परास्त किया लेकिन उससे बहुत पहले कर्ण ने उसे अकेले परास्त किया था। कर्ण ही ने जरासन्ध की इस दुर्बलता को उजागर किया था कि उसकी मृत्यु केवल उसके धड़ को पैरों से चीर कर दो टुकड़ों मे बाँट कर हो सकती है।

दुर्योधन तथा कर्ण के बीच मित्रता दिन व दिन गहरी होती गयी। दुर्योधन ने कभी भी कर्ण को अपने से कम नहीं समझा। वह हमेशा कर्ण के साथ ही रहता था। वह अपनी प्रत्येक बात कर्ण से कह देता था। जब उसके कर्मचारी उसकी प्रशंसा करते तो वह उन्हें कर्ण की प्रशंसा करने को कहता और उसी में उसे संतोष होता था। प्रतिदिन दुर्योधन, कर्ण को बहुमूल्य उपहार देता था। वह कर्ण के उज्ज्वल चरित्र, शक्ति, ईमानदारी तथा उदारता का सम्मान करता था।

कर्ण भी दुर्योधन के उपहार को चुकाने में पीछे नहीं रहे। दुर्योधन को वे अपने प्राणों से भी अधिक प्यार करते थे। उसकी खातिर कर्ण अपने प्राण तक न्योछावर

कर सकते थे। जब दूसरों ने 'सारथी का पुत्र' कहकर कर्ण का अपमान किया, तब सिर्फ दुर्योधन ने ही उन्हें अपने बराबर सम्मान प्रदान किया था। अतः कर्ण, दुर्योधन की बड़ी इज्जत किया किया करते थे।

दानवीरता में कर्ण अद्वितीय थे। अपने वचन पूरे करने में वे प्राणों की आहुति तक देने से नहीं चूकने वाले थे। प्रतिदिन सैकड़ों निर्धन व्यक्ति सहायता की आशा में कर्ण के पास आते थे। कर्ण उन्हें वस्त्र या धन प्रदान करते थे। इसी गुण के कारण कर्ण 'दानशूर' कहलाये।

कौरव और पांडव चचेरे भाई थे। राज्य के लिये उनमें हमेशा विवाद होता रहता था। जब कभी भी दोनों के बीच झगड़ा होता, कर्ण कौरवों में सबसे बड़े दुर्योधन का पक्ष लेते थे। वे हमेशा यह कहा करते कि, "दुर्योधन के लिये मैं युद्ध करूंगा। भविष्य में यदि युद्ध हुआ तो मैं दुर्योधन के शत्रुओं का संहार करूंगा। पांडव उसके शत्रु हैं। मैं पांडवों विशेष रूप से उनमें सबसे शक्तिशाली अर्जुन का वध करूंगा।" कर्ण के यह वचन सुनकर दुर्योधन प्रसन्न होता था। उसे विश्वास था कि भीष्माचार्य, द्रोणाचार्य तथा अन्य योद्धाओं के साथ छोड़ देने के बाद भी कर्ण उसकी मदद अवश्य करेंगे। जब कभी दुर्योधन पांडवों की ताकत देखकर चिंतित होता, कर्ण उससे कहते, "कृपया चिंतित मत होइये। हमारे तथा पांडवों के बीच युद्ध भर होने दीजिये तब देखना। मैं उन्हें कुचल दूंगा।" इन शब्दों से दुर्योधन को राहत मिलती।

कर्ण और उसका परिवार

कर्ण की पत्नी का पद्मावती तथा पुत्रों का वृषकेतु, वृषसेन आदि नामोल्लेख मिलता है। कर्ण और अर्जुन बाल्यकाल से ही परस्पर प्रतिद्वन्द्वी थे। सूतपुत्र होने के कारण अर्जुन कर्ण को हेय समझते थे। उन्हें यह ज्ञात नहीं था कि कर्ण उनके बड़े भाई हैं। भीष्म भी कर्ण को इसी कारण अधिरथ कहते थे। कर्ण ने पाँचों पाण्डवों का वध करने का संकल्प किया था पर माता कुन्ती के कहने पर उन्होंने अपने वध की प्रतिज्ञा अर्जुन तक ही सीमित कर दी थी।

कर्ण की दानवीरता के भी अनेक सन्दर्भ मिलते हैं। उनकी दानशीलता की ख्याति सुनकर इन्द्र उनके पास कुण्डल और कवच माँगने गये थे। कर्ण ने अपने पिता सूर्य के द्वारा इन्द्र की प्रवंचना का रहस्य जानते हुए भी उनको कुण्डल और कवच दे दिये। इन्द्र ने उसके बदले में एक बार प्रयोग के लिए अपनी अमोघ

शक्ति दे दी थी। उससे किसी का वध अवश्यम्भावी था। कर्ण उस शक्ति का प्रयोग अर्जुन पर करना चाहते थे किन्तु दुर्योधन के निर्देश पर उन्होंने उसका प्रयोग भीम के पुत्र घटोत्कच पर किया था। अपने अन्तिम समय में पितामह भीष्म ने कर्ण को उनके जन्म का रहस्य बताते हुए महाभारत के युद्ध में पाण्डवों का साथ देने को कहा था किन्तु कर्ण ने इसका प्रतिरोध करके अपनी सत्यनिष्ठा का परिचय दिया। भीष्म के अनन्तर कर्ण कौरव सेना के सेनापति नियुक्त हुए थे। अन्त में तीन दिन तक युद्ध संचालन के उपरान्त अर्जुन ने उनका वध कर दिया। कर्ण के चरित्र में आदर्शों का दर्शन उनकी दानवीरता एवं युद्धवीरता के युगपत प्रसंगों में किया जा सकता है।

द्रौपदी द्वारा स्वयंवर में अपमानित होना

कर्ण और दुर्योधन प्रारम्भ से ही मित्र थे। कर्ण ने दुर्योधन के लिए सफलतापूर्वक अश्वमेध यज्ञ भी किया था। जिस समय द्रौपदी के स्वयंवर के लिए राजागण द्रुपद के यहाँ एकत्र हुए थे। दुर्योधन ने कर्ण को इसके उपयुक्त सिद्ध करने के लिए कलिंग देश का अधिपति बनाया था। द्रुपद के यहाँ अर्जुन के पूर्व कर्ण ने मत्स्यवेध किया था परन्तु द्रौपदी ने कर्ण के साथ विवाह करना अस्वीकार कर दिया। फलतः कर्ण ने अपने को विशेष रूप से अपमानित समझा।

कर्ण, द्रौपदी के स्वयंवर में एक विवाह-प्रस्तावक था। अन्य प्रतिद्वन्दियों के विपरीत, कर्ण धनुष को मोड़ने और उस पर प्रत्यूंचा चढ़ा पाने में समर्थ था, पर जैसे ही वह लक्ष्य भेदन के लिए तैयार हुआ, तब श्रीकृष्ण के संकेत पर, द्रौपदी ने कर्ण को सूत-पुत्र बोलकर उसे ऐसा करने से रोक दिया। पाण्डव भी वहाँ ब्राह्मण के भेष में उपस्थित थे। अन्य राजकुमारों और राजाओं के असफल रहने पर अर्जुन आगे बढ़ा और सफलतापूर्वक मछली की आँख का भेदन किया और द्रौपदी का हाथ जीत लिया। जब बाद में अर्जुन की पहचान उजागर हुई तो कर्ण की प्रतिद्वन्द्विता की भावना और गहरी हो गई।

द्रोपदी महाभारत की एक आदर्श पात्र है। लेकिन द्रोपदी जैसी विदुषी नारी के साथ हमने बहुत अन्याय किया है। सुनी सुनाई बातों के आधार पर हमने उस पर कई ऐसे लांछन लगाये हैं जिससे वह अत्यंत पथभ्रष्ट और धर्म भ्रष्ट नारी सिद्ध होती है। एक ओर धर्मराज युधिष्ठर जैसा परमज्ञानी उसका पति है, जिसके गुणगान करने में हमने कमी नही छोड़ी। लेकिन द्रोपदी पर अतार्किक आरोप लगाने में भी हम पीछे नही रहे।

कतंनचंकपद्रोपदी पर एक आरोप है कि उसके पाँच पति थे। हमने यह आरोप महाभारत की साक्षी के आधार पर नही बल्कि सुनी सुनाई कहानियों के आधार पर लगा दिया। बड़ा दुरूख होता है जब कोई पढ़ा लिखा व्यक्ति भी इस आरोप को अपने लेख में या भाषण में दोहराता है। ऐसे व्यक्ति की बुद्धि पर तरस आता है, और मैं सोचा करता हूं कि ये लोग अध्ययन के अभाव में ऐसा बोल रहे हैं, पर इन्हें यह नही पता कि ये भारतीय संस्कृति का कितना अहित कर रहे हैं।

आईए महाभारत की साक्षियों पर विचार करें! जिससे हमारी शंका का समाधान हो सके कि द्रोपदी के पाँच पति थे या एक, और यदि एक था तो फिर वह कौन था?

जिस समय द्रोपदी का स्वयंवर हो रहा था उस समय पांडव अपना वनवास काट रहे थे। ये लोग एक कुम्हार के घर में रह रहे थे और भिक्षाटन के माध्यम से अपना जीवन यापन करते थे, तभी द्रोपदी के स्वयंवर की सूचना उन्हें मिली। स्वयंवर की शर्त को अर्जुन ने पूर्ण किया। स्वयंवर की शर्त पूरी होने पर द्रोपदी को उसके पिता द्रुपद ने पांडवों को भारी मन से सौंप दिया। राजा द्रुपद की इच्छा थी कि उनकी पुत्री का विवाह किसी पांडु पुत्र के साथ हो, क्योंकि उनकी राजा पांडु से गहरी मित्रता रही थी। राजा द्रुपद पंडितों के भेष में छुपे हुए पांडवों को पहचान नही पाए, इसलिए उन्हें यह चिंता सता रही थी कि आज बेटी का विवाह उनकी इच्छा के अनुरूप नही हो पाया। पांडव द्रोपदी के साथ अपनी माता कुंती के पास पहुँच गये।

द्रौपदी स्वयंवर

वहाँ से एकचक्रा नगरी में जाकर वे मुनि के वेष में एक ब्राह्मण के घर में निवास करने लगे। फिर बक नामक राक्षस का वध करके व्यास जी के कहने पर वे पांचाल-राज्य में, जहाँ द्रौपदी का स्वयंवर होनेवाला था, गए। पांचाल-राज्य में अर्जुन के लक्ष्य-भेदन के कौशल से मत्स्यभेद होने पर पाँचों पाण्डवों ने द्रौपदी को पत्नीरूप में प्राप्त किया। द्रौपदी पंच-कन्याओं में से एक हैं जिन्हें चिर-कुमारी कहा जाता है। जब पाण्डव तथा कौरव राजकुमारों की शिक्षा पूर्ण हो गई तो उन्होंने द्रोणाचार्य को गुरु दक्षिणा देना चाहा। द्रोणाचार्य को द्रुपद के द्वारा किये गये अपने अपमान का स्मरण हो आया और उन्होंने राजकुमारों से कहा, "राजकुमारों! यदि तुम गुरु दक्षिणा देना ही चाहते हो तो पांचाल नरेश द्रुपद को बन्दी बना कर मेरे समक्ष प्रस्तुत करो। यही तुम लोगों की गुरु दक्षिणा होगी।" गुरुदेव के इस प्रकार कहने पर समस्त राजकुमार अपने-अपने अस्त्र-शस्त्र ले कर पांचाल देश की ओर चले।

पांचाल पहुँचने पर अर्जुन ने द्रोणाचार्य से कहा, "गुरुदेव! आप पहले कौरवों को राजा द्रुपद से युद्ध करने की आज्ञा दीजिये। यदि वे द्रुपद को बन्दी बनाने में असफल रहे तो हम पाण्डव युद्ध करेंगे।" गुरु की आज्ञा मिलने पर दुर्योधन के नेतृत्व में कौरवों ने पांचाल पर आक्रमण कर दिया। दोनों पक्षों के मध्य भयंकर युद्ध होने लगा किन्तु अन्त में कौरव परास्त हो कर भाग निकले। कौरवों को पलायन करते देख पाण्डवों ने आक्रमण आरम्भ कर दिया। भीमसेन तथा अर्जुन के पराक्रम के समक्ष पांचाल नरेश की सेना हार गई। अर्जुन ने आगे बढ़ कर द्रुपद को बन्दी बना लिया और गुरु द्रोणाचार्य के समक्ष ले आये।

द्रुपद को बन्दी के रूप में देख कर द्रोणाचार्य ने कहा, "हे द्रुपद! अब तुम्हारे राज्य का स्वामी मैं हो गया हूँ। मैं तो तुम्हें अपना मित्र समझ कर तुम्हारे पास आया था किन्तु तुमने मुझे अपना मित्र स्वीकार नहीं किया था। अब बताओ क्या तुम मेरी मित्रता स्वीकार करते हो?" द्रुपद ने लज्जा से सिर झुका लिया और अपनी भूल के लिये क्षमायाचना करते हुये बोले, "हे द्रोण! आपको अपना मित्र न मानना मेरी भूल थी और उसके लिये अब मेरे हृदय में पश्चाताप है। मैं तथा मेरा राज्य दोनों ही अब आपके आधीन हैं, अब आपकी जो इच्छा हो करें।" द्रोणाचार्य ने कहा, "तुमने कहा था कि मित्रता समान वर्ग के लोगों में होती है। अतः मैं तुमसे बराबरी का मित्र भाव रखने के लिये तुम्हें तुम्हारा आधा राज्य लौटा रहा हूँ।" इतना कह कर द्रोणाचार्य ने गंगा नदी के दक्षिणी तट का राज्य द्रुपद को सौंप दिया और शेष को स्वयं रख लिया।

कालान्तर में पाण्डवों ने बहुत सी अन्य विद्याओं का अध्ययन किया। भीमसेन ने बलराम को गुरु मान कर खम्भ-गदा आदि की शिक्षा प्राप्त की। इस समय तक युधिष्ठिर के गुणों की प्रशंसा देश-देशान्तर में होने लगी। समय आने पर धृतराष्ट्र ने युधिष्ठिर को युवराज के पद पर आसीन कर दिया था।

गुरु द्रोण से पराजित होने के उपरान्त महाराज द्रुपद अत्यन्त लज्जित हुये और उन्हें किसी प्रकार से नीचा दिखाने का उपाय सोचने लगे। इसी चिन्ता में एक बार वे घूमते हुये कल्याणी नगरी के ब्राह्मणों की बस्ती में जा पहुँचे। वहाँ उनकी भेंट याज तथा उपयाज नामक महान कर्मकाण्डी ब्राह्मण भाइयों से हुई। राजा द्रुपद ने उनकी सेवा करके उन्हें प्रसन्न कर लिया एवं उनसे द्रोणाचार्य के मारने का उपाय पूछा। उनके पूछने पर बड़े भाई याज ने कहा, इसके लिये आप एक विशाल यज्ञ का आयोजन करके अग्निदेव को प्रसन्न कीजिये जिससे कि वे आपको वे महान

बलशाली पुत्र का वरदान दे देंगे। महाराज ने याज और उपयाज से उनके कहे अनुसार यज्ञ करवाया। उनके यज्ञ से प्रसन्न हो कर अग्निदेव ने उन्हें एक ऐसा पुत्र दिया जो सम्पूर्ण आयुध एवं कवच कुण्डल से युक्त था। उसके पश्चात् उस यज्ञ कुण्ड से एक कन्या उत्पन्न हुई जिसके नेत्र खिले हुये कमल के समान देदीप्यमान थे, भौहें चन्द्रमा के समान वक्र थीं तथा उसका वर्ण श्यामल था। उसके उत्पन्न होते ही एक आकाशवाणी हुई कि इस बालिका का जन्म क्षत्रियों के सँहार और कौरवों के विनाश हेतु हुआ है। बालक का नाम धृष्टद्युम्न एवं बालिका का नाम कृष्णा रखा गया।

पाण्डवों को एकचक्रा नगरी में रहते कुछ काल व्यतीत हो गया तो एक दिन उनके यहाँ भ्रमण करता हुआ एक ब्राह्मण आया। पाण्डवों ने उसका यथोचित सत्कार करके पूछा, "देव! आपका आगमन कहाँ से हो रहा है?" ब्राह्मण ने उत्तर दिया, "मैं महाराज द्रुपद की नगरी पाँचाल से आ रहा हूँ। वहाँ पर द्रुपद की कन्या द्रौपदी के स्वयंवर के लिये अनेक देशों के राजा-महाराजा पधारे हुये हैं।"

उस ब्राह्मण के प्रस्थान करने के पश्चात् पाण्डवों से भेंट करने वेदव्यास जी आ पहुँचे। वेदव्यास ने पाण्डवों को आदेश दिया कि तुम लोग पांचाल चले जाओ। वहाँ द्रुपद कन्या पांचाली का स्वयंवर होने जा रहा है। वह कन्या तुम लोगों के सर्वथा योग्य है क्योंकि पूर्व जन्म में उसने भगवान शंकर की तपस्या की थी और उसकी तपस्या से प्रसन्न हो कर शिव जी ने उसे अगले जन्म में पाँच उत्तम पति प्राप्त होने का वरदान दिया था। वह देविस्वरूपा बालिका सब भाँति से तुम लोगों के योग्य ही है। तुम लोग वहाँ जाकर उसे प्राप्त करो। इतना कह कर वेद व्यास वहाँ से चले गये। पांचाल देश की यात्रा करते-करते पाण्डव रात्रि के समय श्रायण तीर्थ में पहुँचे। वहाँ पर गन्धर्वराज चित्ररथ अपनी स्त्रियों के साथ विहार कर रहे थे। पाण्डवों को आते देख चित्ररथ ने दूर ही से कहा, "सावधान! इस समय यहाँ पर किसी का भी प्रवेश वर्जित है क्योंकि रात्रि के समय जल पर पूर्ण रूप से गन्धर्वों का अधिकार होता है। तुम लोग प्रातःकाल होने के पश्चात् ही यहाँ प्रवेश कर सकते हो।" चित्ररथ के वचनों को सुन कर अर्जुन क्रोधित होकर बोले, "अरे मूर्ख! नदी, पहाड़, समुद्र पर किसी का भी कोई अधिकार नहीं होता। फिर गंगा तो सबकी माता है, इन पर तो किसी का अधिकार हो ही नहीं सकता।" अर्जुन के ऐसा कहने पर चित्ररथ ने अर्जुन पर विषैले बाणों की बौछार करना आरम्भ कर दिया। उन विषैले बाणों का जवाब अर्जुन ने आग्नेय बाणों से दिया और चित्ररथ उनके बाणों के लगने पर घायल होकर

भूमि में गिर पड़े। तत्काल अर्जुन उसके बालों को पकड़ कर उसे घसीटते हुये युधिष्ठिर के पास ले गये। चित्ररथ की दुर्दशा देख कर कुम्भानसी नामक उसकी पत्नी विलाप करती हुई युधिष्ठिर के पास पहुँची और अपने पति के प्राणों की भिक्षा माँगने लगी। स्त्री की प्रार्थना से द्रवित होकर युधिष्ठिर ने चित्ररथ को क्षमादान करते हुये मुक्त कर दिया।

कान्तिहीन चित्ररथ ने पाण्डवों से क्षमायाचना करते हुये कहा, "मैं आप लोगों के बल-पौरुष से अत्यन्त प्रभावित हुआ हूँ तथा अपनी भूल स्वीकार करता हूँ। यदि आप लोगों को स्वीकार हो तो मैं आपके साथ मित्रता करना चाहता हूँ।" पाण्डवों ने उसकी मित्रता स्वीकार कर ली। मित्रता हो जाने पर चित्ररथ ने पाण्डवों को चाक्षुसी विद्या का प्रयोग सिखाया जिससे वे सूक्ष्म से सूक्ष्म वस्तु को देख सकते थे किन्तु वे किसी को दृष्टिगोचर नहीं हो सकते थे। इसके बदले में अर्जुन ने गन्धर्वराज चित्ररथ को आग्नेयास्त्र का प्रयोग सिखाया। इसके पश्चात् चित्ररथ गन्धर्वलोक चले गये और पाण्डवों ने पांचाल के लिये प्रस्थान किया।

मार्ग में पाण्डवों की भेंट धौम्य नामक ब्राह्मण से हुई और वे उसके साथ ब्राह्मणों का वेश धरकर द्रौपदी के स्वयंवर में पहुँचे। स्वयंवर सभा में अनेक देशों के राजा-महाराजा एवं राजकुमार पधारे हुये थे। एक ओर श्री कृष्ण अपने बड़े भाई बलराम तथा गणमान्य यदुवंशियों के साथ विराजमान थे। वहाँ वे ब्राह्मणों की पंक्ति में जा कर बैठ गये। कुछ ही देर में राजकुमारी द्रौपदी हाथ में वरमाला लिये अपने भाई धृष्टद्युम्न के साथ उस सभा में पहुँचीं। धृष्टद्युम्न ने सभा को सम्बोधित करते हुये कहा, "हे विभिन्न देश से पधारे राजा-महाराजाओं एवं अन्य गणमान्य जनों! इस मण्डप में बने स्तम्भ के ऊपर बने हुये उस घूमते हुये यंत्र पर ध्यान दीजिये। उस यन्त्र में एक मछली लटकी हुई है तथा यंत्र के साथ घूम रही है। आपको स्तम्भ के नीचे रखे हुये तैलपात्र में मछली के प्रतिबिम्ब को देखते हुये बाण चला कर मछली की आँख को निशाना बनाना है। मछली की आँख में सफल निशाना लगाने वाले से मेरी बहन द्रौपदी का विवाह होगा।"

एक के बाद एक सभी राजा-महाराजा एवं राजकुमारों ने मछली पर निशाना साधने का प्रयास किया किन्तु सफलता हाथ न लगी और वे कान्तिहीन होकर अपने स्थान पर लौट आये। इन असफल लोगों में जरासंघ, शल्य, शिशुपाल तथा दुर्योधन दुःशासन आदि कौरव भी सम्मिलित थे। कौरवों के असफल होने पर दुर्योधन के परम मित्र कर्ण ने मछली को निशाना बनाने के लिये धनुष उठाया किन्तु उन्हें देख कर

द्रौपदी बोल उठीं, "यह सूतपुत्र है इसलिये मैं इसका वरण नहीं कर सकती।" द्रौपदी के वचनों को सुन कर कर्ण ने लज्जित हो कर धनुष बाण रख दिया। उसके पश्चात् ब्राह्मणों की पंक्ति से उठ कर अर्जुन ने निशाना लगाने के लिये धनुष उठा लिया। एक ब्राह्मण को राजकुमारी के स्वयंवर के लिये उद्यत देख वहाँ उपस्थित जनों को अत्यन्त आश्चर्य हुआ किन्तु ब्राह्मणों के क्षत्रियों से अधिक श्रेष्ठ होने के कारण से उन्हें कोई रोक न सका। अर्जुन ने तैलपात्र में मछली के प्रतिबिम्ब को देखते हुये एक ही बाण से मछली की आँख को भेद दिया। द्रौपदी ने आगे बढ़कर अर्जुन के गले में वरमाला डाल दिया।

एक ब्राह्मण के गले में द्रौपदी को वरमाला डालते देख समस्त क्षत्रिय राजा-महाराजा एवं राजकुमारों ने क्रोधित हो कर अर्जुन पर आक्रमण कर दिया। अर्जुन की सहायता के लिये शेष पाण्डव भी आ गये और पाण्डवों तथा क्षत्रिय राजाओं में घमासान युद्ध होने लगा। श्री कृष्ण ने अर्जुन को पहले ही पहचान लिया था, इसलिये उन्होंने बीच बचाव करके युद्ध को शान्त करा दिया। दुर्योधन ने भी अनुमान लगा लिया कि निशाना लगाने वाला अर्जुन ही रहा होगा और उसका साथ देने वाले शेष पाण्डव रहे होंगे। वारणावत के लाक्षागृह से पाण्डवों के बच निकलने पर उसे अत्यन्त आश्चर्य होने लगा।

पाण्डव द्रौपदी को साथ लेकर वहाँ पहुँचे जहाँ वे अपनी माता कुन्ती के साथ निवास कर रहे थे। द्वार से ही अर्जुन ने पुकार कर अपनी माता से कहा, "माते! आज हम लोग आपके लिये एक अद्‌भुत् भिक्षा ले कर आये हैं।" उस पर कुन्ती ने भीतर से ही कहा, "पुत्रों! तुम लोग आपस में मिल-बाँट उसका उपभोग कर लो।" बाद में यह ज्ञात होने पर कि भिक्षा वधू के रूप में हैं, कुन्ती को अत्यन्त पश्चाताप हुआ किन्तु माता के वचनों को सत्य सिद्ध करने के लिये द्रौपदी ने पाँचों पाण्डवों को पति के रूप में स्वीकार कर लिया।

राजा द्रुपद के पुत्र धृष्टद्युम्न पांडवों के पीछे-पीछे उनका सही ठिकाना जानने और उन्हें सही प्रकार से समझने के लिए भेष बदलकर आ रहे थे, उन्होंने पांडवों की चर्चा सुनी उनका शिष्टाचार देखा। पांडवों के द्वारा दिव्यास्त्रों, रथों, हाथियों, तलवारों, गदाओं और फरसों के विषय में उनका वीरोचित संवाद सुना। जिससे उनका संशय दूर हो गया और वह समझ गये कि ये पाँचों लोग पांडव ही हैं इसलिए वह खुशी-खुशी अपने पिता के पास दौड़ लिये। तब उन्होंने अपने पिता से जाकर कहा-'पिताश्री! जिस प्रकार वे युद्ध का वर्णन करते थे उससे यह मान

लेने में तनिक भी संदेह रह जाता कि वह लोग क्षत्रिय शिरोमणि हैं। हमने सुना है कि वे कुंती कुमार लाक्षागृह की अग्नि में जलने से बच गये थे। अतः हमारे मन में जो पांडवों से संबंध करने की अभिलाषा थी, निश्चय ही वह सफल हुई जान पड़ती है।

राजकुमार से इस सूचना को पाकर राजा को बहुत प्रसन्नता हुई। तब उन्होंने अपने पुरोहित को पांडवों के पास भेजा कि उनसे यह जानकारी ली जाए कि क्या वह महात्मा पांडु के पुत्र हैं? तब पुरोहित ने जाकर पांडवों से कहा -

'वरदान पाने के योग्य वीर पुरूषो!

वर देने में समर्थ पांचाल देश के राजा द्रुपद आप लोगों का परिचय जानन‌ाा चाहते हैं। इस वीर पुरुष को लक्ष्यभेद करते देखकर उनके हर्ष की सीमा न रही। राजा द्रुपद की इच्छा थी कि मैं अपनी इस पुत्री का विवाह पांडु कुमार से करूं। उनका कहना है कि यदि मेरा ये मनोरथ पूरा हो जाए तो मैं समझूंगा कि यह मेरे शुभकर्मों का फल प्राप्त हुआ है।

तब पुरोहित से धर्मराज युधिष्ठर ने कहा-पांचाल राज द्रुपद ने यह कन्या अपनी इच्छा से नही दी है, उन्होंने लक्ष्यभेद की शर्त रखकर अपनी पुत्री देने का निश्चय किया था। उस वीर पुरुष ने उसी शर्त को पूर्ण करके यह कन्या प्राप्त की है, परंतु हे ब्राहमण! राजा द्रुपद की जो इच्छा थी वह भी पूर्ण होगी, (युधिष्ठर कह रहे हैं कि द्रोपदी का विवाह उसके पिता की इच्छानुसार पांडु पुत्र से ही होगा) इस राज कन्या को मैं (यानि स्वयं अपने लिए, अर्जुन के लिए नहीं) सर्वथा ग्रहण करने योग्य एवं उत्तम मानता हूँ पांचाल राज को अपनी पुत्री के लिए पश्चात्ताप करना उचित नही है।

तभी पांचाल राज के पास से एक व्यक्ति आता है, और कहता है-राजभवन में आप लोगों के लिए भोजन तैयार है। तब उन पांडवों को वीरोचित और राजोचित सम्मान देते हुए राजा द्रुपद के राज भवन में ले जाया जाता है।

महाभारत में आता है कि सिंह के समान पराक्रम सूचक चाल ढाल वाले पांडवों को राजभवन में पधारे हुए देखकर राजा द्रुपद, उनके सभी मंत्री, पुत्र, इष्टमित्र आदि सबके सब अति प्रसन्न हुए। पांडव सब भोग विलास की सामग्रियों को छोड़कर पहले वहाँ गये जहाँ युद्ध की सामग्रियाँ रखी गयीं थीं। जिसे देखकर राजा द्रुपद और भी अधिक प्रसन्न हुए, अब उन्हें पूरा विश्वास हो गया कि ये राजकुमार पांडु पुत्र ही हैं।

तब युधिष्ठर ने पांचाल राज से कहा कि राजन! आप प्रसन्न हों क्योंकि आपके मन में जो कामना थी वह पूर्ण हो गयी है। हम क्षत्रिय हैं और महात्मा पांडु के पुत्र हैं। मुझे कुंती का ज्येष्ठ पुत्र युधिष्ठर समझिए तथा ये दोनों भीम और अर्जुन हैं। उधर वे दोनों नकुल और सहदेव हैं।

महाभारतकार का कहना है कि युधिष्ठर के मुँह से ऐसा कथन सुनकर महाराज द्रुपद की आँखों में हर्ष के आँसू छलक पड़े। शत्रु संतापक द्रुपद ने बड़े यत्न से अपने हर्ष के आवेग को रोका, फिर युधिष्ठर को उनके कथन के अनुरूप ही उत्तर दिया। सारी कुशलक्षेम और वारणाव्रत नगर की लाक्षागृह की घटना आदि पर विस्तार से चर्चा की। तब उन्होंने उन्हें अपने भाईयों सहित अपने राजभवन में ही ठहराने का प्रबंध किया। तब पांडव वही रहने लगे। उसके बाद महाराज द्रुपद ने अगले दिन अपने पुत्रों के साथ जाकर युधिष्ठर से कहा-

'कुरूकुल को आनंदित करने वाले ये महाबाहु अर्जुन आज के पुण्यमय दिवस में मेरी पुत्री का विधिपूर्वक पानी ग्रहण करें तथा अपने कुलोचित मंगलाचार का पालन करना आरंभ कर दें।

तब धर्मात्मा राजा युधिष्ठर ने उनसे कहा—राजन! विवाह तो मेरा भी करना होगा।

द्रुपद बोले—हे वीर! तब आप ही विधिपूर्वक मेरी पुत्री का पाणिग्रहण करें। अथवा आप अपने भाईयों में से जिसके साथ चाहें उसी के साथ मेरी पुत्री का विवाह करने की आज्ञा दें।

द्रुपद के ऐसा कहने पर पुरोहित धौम्य ने वेदी पर प्रज्वलित अग्नि की स्थापना करके उसमें मंत्रों की आहुति दी और युधिष्ठर व कृष्णा (द्रोपदी) का विवाह संस्कार संपन्न कराया।

इस मांगलिक कार्यक्रम के संपन्न होने पर द्रोपदी ने सर्वप्रथम अपनी सास कुंती से आशीर्वाद लिया, तब माता कुंती ने कहा—'पुत्री! जैसे इंद्राणी इंद्र में, स्वाहा अग्नि में भक्ति भाव एवं प्रेम रखती थीं उसी प्रकार तुम भी अपने पति में अनुरक्त रहो।'

इससे सिद्ध है कि द्रोपदी का विवाह अर्जुन से नहीं बल्कि युधिष्ठर से हुआ इस सारी घटना का उल्लेख आदि पर्व में दिया गया है। उस साक्षी पर विश्वास करते हुए हमें इस दुष्प्रचार से बचना चाहिए कि द्रोपदी के पाँच पति थे। माता कुंती भी जब द्रोपदी को आशीर्वाद दे रही हैं तो उन्होंने भी कहा है कि तुम अपने पति में

अनुरक्त रहो, माता कुंती ने पति शब्द का प्रयोग किया है न कि पतियों का। इससे यह भी स्पष्ट हो जाता है कि द्रोपदी पाँच पतियों की पत्नी नही थी।

माता कुंती आगे कहती हैं कि भद्रे! तुम अनंत सौख्य से संपन्न होकर दीर्घजीवी तथा वीरपुत्रों की जननी बनो। तुम सौभाग्यशालिनी, भोग्य सामग्री से संपन्न, पति के साथ यज्ञ में बैठने वाली तथा पतिव्रता हो।

माता कुंती यहाँ पर अपनी पुत्रवधू द्रोपदी को पतिव्रता होने का निर्देश भी कर रही हैं। यदि माता कुंती द्रोपदी को पाँच पतियों की नारी बनाना चाहतीं तो यहाँ पर उनका ऐसा उपदेश उसके लिए नही होता।

सुबुद्घ पाठकबृंद! उपरोक्त वर्णन से स्पष्ट है कि हमने द्रोपदी के साथ अन्याय किया है। यह अन्याय हमसे उन लोगों ने कराया है जो नारी को पुरूष की भोग्या वस्तु मानते हैं, उन लम्पटों ने अपने पाप कर्मों को बचाने व छिपाने के लिए द्रोपदी जैसी नारी पर दोषारोपण किया। इस दोषारोपण से भारतीय संस्कृति का बड़ा अहित हुआ।

ईसाईयों व मुस्लिमों ने हमारी संस्कृति को अपयश का भागी बनाने में कोई कसर नही छोड़ी। जिससे वेदों की पावन संस्कृति अनावश्यक ही बदनाम हुई। आज हमें अपनी संस्कृति के बचाव के लिए इतिहास के सच उजागर करने चाहिए जिससे हम पुनः गौरव पूर्ण अतीत की गौरवमयी गाथा को लिख सकें और दुनिया को ये बता सकें कि क्या थे और कैसे थे?

पाण्डवों के द्रौपदी को साथ ले कर अपने निवास पर पहुँचने के कुछ काल पश्चात् उनके पीछे-पीछे कृष्ण भी वहाँ पर आ पहुँचे। कृष्ण ने अपनी बुआ कुन्ती के चरणस्पर्श करके आशीर्वाद प्राप्त किया और सभी पाण्डवों से गले मिले। औपचारिकताएँ पूर्ण होने के पश्चात् युधिष्ठिर ने कृष्ण से पूछा, "हे द्वारिकाधीश! आपने हमारे इस अज्ञातवास में हमें पहचान कैसे लिया?" कृष्ण ने उत्तर दिया, "भीम और अर्जुन के पराक्रम को देखने के पश्चात् भला मैं आप लोगों को कैसे न पहचानता।" सभी से भेंट मुलाकात करके कृष्ण वहाँ से अपनी नगरी द्वारिका चले गये।

फिर पाँचों भाइयों ने भिक्षावृति से भोजन सामग्री एकत्रित किया और उसे लाकर माता कुन्ती के सामने रख दिया। कुन्ती ने द्रौपदी से कहा, "देवि! इस भिक्षा से पहले देवताओं के अंश निकालो। फिर ब्राह्मणों को भिक्षा दो। तत्पश्चात् आश्रितों का अंश अलग करो। उसके बाद जो शेष बचे उसका आधा भाग भीम को और शेष

आधा भाग हम सभी को भोजन के लिये परोसो।" पतिव्रता द्रौपदी ने कुन्ती के आदेश का पालन किया। भोजन के पश्चात् कुशासन पर मृगचर्म बिछाकर वे सो गये। द्रौपदी माता के पैरों की ओर सोई।

द्रौपदी के स्वयंवर के समय दुर्योधन के साथ ही साथ द्रुपद, धृष्टद्युम्न एवं अनेक अन्य लोगों को संदेह हो गया था कि वे ब्राह्मण पाण्डव ही हैं। उनकी परीक्षा करने के लिये द्रुपद ने धृष्टद्युम्न को भेज कर उन्हें अपने राजप्रासाद में बुलवा लिया। राजप्रासाद में द्रुपद एवं धृष्टद्युम्न ने पहले राजकोष को दिखाया किन्तु पाण्डवों ने वहाँ रखे रत्नाभूषणों तथा रत्न-माणिक्य आदि में किसी प्रकार की रुचि नहीं दिखाई। किन्तु जब वे शस्त्रागार में गये तो वहाँ रखे अस्त्र-शस्त्रों उन सभी ने बहुत अधिक रुचि प्रदर्शित किया और अपनी पसंद के शस्त्रों को अपने पास रख लिया। उनके क्रिया-कलाप से द्रुपद को विश्वास हो गया कि ये ब्राह्मण के रूप में योद्धा ही हैं। द्रुपद ने युधिष्ठिर से पूछा, "हे आर्य! आपके पराक्रम को देख कर मुझे विश्वास हो गया है कि आप लोग ब्राह्मण नहीं हैं। कृपा करके आप अपना सही परिचय दीजिये।" उनके वचनों को सुन कर युधिष्ठिर ने कहा, "राजन! आपका कथन अक्षरशः सत्य है। हम पाण्डु-पुत्र पाण्डव हैं। मैं युधिष्ठिर हूँ और ये मेरे भाई भीमसेन, अर्जुन, नकुल एवं सहदेव हैं। हमारी माता कुन्ती आपकी पुत्री द्रौपदी के साथ आपके महल में हैं।"

युधिष्ठिर की बात सुनकर द्रुपद अत्यन्त प्रसन्न हुये और बोले, "आज भगवान ने मेरी सुन ली। मैं चाहता था कि मेरी पुत्री का विवाह पाण्डु के पराक्रमी पुत्र अर्जुन के साथ ही हो। मैं आज ही अर्जुन और द्रौपदी के विधिवत विवाह का प्रबन्ध करता हूँ।" इस पर युधिष्ठिर ने कहा, "राजन! द्रौपदी का विवाह तो हम पाँचों भाइयों के साथ होना है।" यह सुन कर द्रुपद आश्चर्यचकित हो गये और बोले, "यह कैसे सम्भव है? एक पुरुष की अनेक पत्नियाँ अवश्य हो सकती हैं, किन्तु एक स्त्री के पाँच पति हों ऐसा तो न कभी देखा गया है और न सुना ही गया है।" युधिष्ठिर ने कहा, "राजन! न तो मैं कभी मिथ्या भाषण करता हूँ और न ही कोई कार्य धर्म या शास्त्र के विरुद्ध करता हूँ। हमारी माता ने हम सभी भाईयों को द्रौपदी का उपभोग करने का आदेश दिया है और मैं माता की आज्ञा की अवहेलना कदापि नहीं कर सकता।" इसी समय वहाँ पर वेदव्यास जी पधारे और उन्होंने द्रुपद को द्रौपदी के पूर्व जन्म में तपस्या से प्रसन्न होकर शंकर भगवान के द्वारा पाँच पराक्रमी पति प्राप्त करने के वर देने की बात बताई।

वेदव्यास जी के वचनों को सुनकर द्रुपद का सन्देह समाप्त हो गया और उन्होंने अपनी पुत्री द्रौपदी का पाणिग्रहण संस्कार पाँचों पाण्डवों के साथ बड़े धूमधाम के साथ कर दिया। इस विवाह में विशेष बात यह हुई कि देवर्षि नारद ने स्वयं पधार कर द्रौपदी को प्रतिदिन कन्यारूप हो जाने का आशीर्वाद दिया।

पाण्डवों के जीवित होने तथा द्रौपदी के साथ विवाह होने की बात तेजी से सभी ओर फैल गई। हस्तिनापुर में इस समाचार के मिलने पर दुर्योधन और उसके सहयोगियों के दुःख का पारावार न रहा। वे पाण्डवों को उनका राज्य लौटाना नहीं चाहते थे किन्तु भीष्म, विदुर, द्रोण आदि के द्वारा धृतराष्ट्र को समझाने तथा दबाव डालने के कारण उन्हें पाण्डवों को राज्य का आधा हिस्सा देने के लिये विवश होना पड़ गया। विदुर पाण्डवों को बुला लाये, धृतराष्ट्र, द्रोणाचार्य, कृपाचार्य, विकर्ण, चित्रसेन आदि सभी ने उनकी अगवानी की और राज्य का खाण्डव वन नामक हिस्सा उन्हें दे दिया गया। पाण्डवों ने उस खाण्डव वन में एक नगरी की स्थापना करके उसका नाम इन्द्रप्रस्थ रखा तथा इन्द्रप्रस्थ को राजधानी बना कर राज्य करने लगे। युधिष्ठिर की लोकप्रियता के कारण कौरवों के राज्य के अधिकांश प्रजाजन पाण्डवों के राज्य में आकर बस गये।

द्यूतक्रीड़ा में कर्ण द्वारा द्रौपदी का अपमान

कर्ण कभी भी शकुनी की पाण्डवों को छूल-कपट से हराने की योजनाओं से सहमत नहीं था। वह सदा ही युद्ध के पक्ष में था और सदैव ही दुर्योधन से युद्ध का ही मार्ग चुनने का आग्रह करता। यद्यपि वह दुर्योधन को प्रसन्न करने के लिए द्यूतक्रीड़ा के खेल में सम्मिलित हुआ, जो बाद में कुख्यात द्रौपदी चीरहरण की घटना में फलीभूत हुआ।

जब शकुनी छूल-कपट द्वारा द्यूतक्रीड़ा में युधिष्ठिर से सब कुछ जीत गया, तो पाण्डवों की पटरानी द्रौपदी को दुःशासन द्वारा घसीट कर राजसभा में लाया गया और कर्ण के उकसाने पर, दुर्योधन और उसके भाईयों ने द्रौपदी के वस्त्र हरण का प्रयास किया। कर्ण द्रौपदी का अपमान यह कहकर करता है की जिसके स्त्री का एक से अधिक पति हो वह और कुछ नहीं बल्कि वेश्या होती है।

उसी स्थान पर, भीम द्वारा यह प्रतिज्ञा ली जाती है कि वह अकेले ही युद्ध में दुर्योधन और उसके सभी भाईयों का वध करेगा। और फिर अर्जुन, कर्ण का वध करने की प्रतिज्ञा लेता है।

महाराज द्रुपद ने गुरु द्रोणाचार्य से अपने अपमान का बदला लेने के लिए संतान प्राप्ति के उद्देश्य से यज्ञ किया। यज्ञ की पूर्णाहूति के समय यज्ञकुंड से मुकुट, कुंडल, कवच, त्रोण तथा धनुष धारण किए हुए एक कुमार प्रकट हुआ। इस कुमार का नाम धृष्टद्युम्न रखा गया। महाभारत के युद्ध में पांडव पक्ष का यही कुमार सेनापति रहा।

यज्ञकुंड से एक कुमारी भी प्रकट हुई। उसका वर्ण श्याम था तथा वह अत्यंत सुंदरी थी। महाकाली ने अंश रूप से उसमें प्रवेश किया था। उसका नाम कृष्णा रखा गया। द्रुपद की पुत्री होने से वह द्रौपदी भी कहलाई। एकचक्रा नगरी में द्रौपदी के स्वयंवर की बात सुनकर पांडव पांचाल पहुँचे। उन्होंने ब्राह्मणों का वेश बनाया था। वहाँ वे एक कुम्भकार के घर ठहरे। स्वयंवर सभा में भी वे ब्राह्मणों के साथ ही बैठे।

सभा भवन में ऊपर एक यंत्र था। यंत्र घूमता रहता था। उसके मध्य में एक मत्स्य बना था। नीचे कड़ाहे में तेल रखा था। तेल में मत्स्य की छाया देखकर उसे पाँच बाण मारने वाले से द्रौपदी के विवाह की घोषणा की गई थी। जरासंध, शिशुपाल और शल्य तो धनुष पर डोरी चढ़ाने के प्रयत्न में ही दूर जा गिरे।

केवल कर्ण ने धनुष चढ़ाया। वह बाण मारने ही जा रहा था कि द्रौपदी ने पुकार कर कहा, "मैं सूत पुत्र का वरण नहीं करूंगी।"

अपमान से तिलमिला कर कर्ण ने धनुष रख दिया। राजाओं के निराश हो जाने पर अर्जुन उठे। उन्हें ब्राह्मण जानकर ब्राह्मणों ने प्रसन्नता प्रकट की। धनुष चढ़ा कर अर्जुन ने मत्स्य भेद कर दिया और द्रौपदी ने अर्जुन के गले में जयमाला डाल दी। कुछ राजाओं ने विरोध करना चाहा पर वे अर्जुन और भीम के सामने न टिक सके। श्रीकृष्ण ने पांडवों को पहचान लिया था। अतः उन्होंने राजाओं को समझा-बुझा कर शांत कर दिया।

द्रौपदी को साथ लेकर अर्जुन कुंती के पास पहुँचे और बोले, "मां! हम भिक्षा लाए हैं।"

"पाँचों भाई उसका उपयोग करो" बिना देखे ही कुंती ने कह दिया।

"मैंने कभी मिथ्याभाषण नहीं किया है। मेरे इस वचन ने मुझे धर्म संकट में डाल दिया है। बेटा! मुझे अधर्म से बचा लो।"

द्रौपदी को देख कर कुंती ने पश्चाताप करते हुए कहा। भगवान व्यास ने द्रुपद से द्रौपदी के पूर्व जन्म का चरित्र बताकर द्रौपदी से पाँचों भाइयों का विवाह करने

की सलाह दी। इस प्रकार क्रमशः एक-एक दिन पाँचों पांडवों ने द्रौपदी का विधिपूर्वक पाणिग्रहण किया। श्रीकृष्ण की कृपा से युधिष्ठिर ने मय द्वारा निर्मित राज्य सभा प्राप्त की।

दिग्विजय हुए और राजसूय यज्ञ करके वे चक्रवर्ती सम्राट बन गए। दुर्योधन ने मय के द्वारा निर्मित भवन की विशेषता के कारण जल को थल समझ लिया और उसमें गिर पड़ा। यह देख कर द्रौपदी हंस पड़ी। दुर्योधन ने इस अपमान का बदला लेने के लिए शकुनि की सलाह से महाराज युधिष्ठिर को जुआ खेलने के लिए आमंत्रित किया। सब कुछ हारने के बाद वे अपने भाइयों के साथ द्रौपदी को भी हार गए।

दुर्योधन के आदेश से दुःशासन द्रौपदी को रजस्वला अवस्था में उसके केशों को पकड़ कर घसीटता हुआ राजसभा में ले आया। पांडव मस्तक नीचे किए बैठे थे। द्रौपदी की करुण पुकार भी उनके असमर्थ हृदयों में जान नहीं डाल पाई। भीष्म, द्रोण और कृपाचार्य जैसे गुरुजन भी इस अत्याचार को देख कर मौन रहे।

"दुःशासन देखते क्या हो? इसके वस्त्र उतार लो।"

दुर्योधन ने कहा। दस सहस्त्र हाथियों के बल वाला दुःशासन द्रौपदी की साड़ी खींचने लगा। "हे कृष्ण! द्वारकानाथ! दौड़ो! कौरवों के समुद्र में मेरी लज्जा डूब रही है। रक्षा करो।"

द्रौपदी ने आर्त स्वर में भगवान को पुकारा। फिर क्या था, दीनबंधु का वस्त्रावतार हो गया। अंत में दुःशासन थक कर चूर हो गया। चाहे दुर्वासा के आतिथ्य-सत्कार की समस्या रही हो, चाहे भीष्म की पांडव-वध की प्रतिज्ञा, श्रीकृष्ण प्रत्येक अवस्था में द्रौपदी की पुकार सुनकर उसका क्षणमात्र में समाधान कर देते थे। द्रौपदी श्रीकृष्ण की अनन्य भक्त थीं। भगवान के प्रति दृढ़ विश्वास का ऐसा उदाहरण अन्यत्र दुर्लभ है।

सैन्य अभियान

पाण्डवों के वनवास के दौरान, कर्ण, दुर्योधन को पृथ्वी का सम्राट बनाने का कार्य अपने हाथों में लेता है। कर्ण द्वारा देशभर में सैन्य अभियान छेड़े गए और उसने राजाओं को परास्त कर उनसे ये वचन लिए की वह हस्तिनापुर महाराज दुर्योधन के प्रति निष्ठावान रहेंगे अन्यथा युद्धों में मारे जाएगें। कर्ण सभी लड़ाईयों में सफल रहा। महाभारत में वर्णन किया गया है की अपने सैन्य अभियानों में कर्ण ने कई युद्ध छेड़े

और असंख्य राज्यों और साम्राज्यों को आज्ञापालन के लिए विवश कर दिया जिनमें हैं - कम्बोज, शक, केकघ्य, अवन्तय, गन्धार, माद्र, त्रिगत, तंगन, पांचाल, विदेह, सुह्मस, अंग, वांग, निशाद, कलिंग, वत्स, अशमक, ऋषिक और बहुत से अन्य जिनमें म्लेच्छ और वनवासी लोग भी हैं।

4

महाभारत का युद्ध

महाभारत का युद्ध निश्चित हो जाने पर कुन्ती व्याकुल हो उठीं। वह नहीं चाहती थीं कि कर्ण का पाण्डवों के साथ युद्ध हो। वे कर्ण को समझाने के लिए कर्ण के पास गयीं। कुन्ती को देखकर कर्ण उनके सम्मान में उठ कर खड़े हुये और बोले, आप पहली बार आई हैं अतः आप इस राधेय का प्रणाम स्वीकार करें। कर्ण की बातों को सुन कर कुन्ती का हृदय व्यथित हो गया और उन्होंने कहा, पुत्र! तुम राधेय नहीं कौन्तेय हो। मैं ही तुम्हारी माँ हूँ किन्तु लोकाचार के भय से मैंने तुम्हें त्याग दिया था। तुम पाण्डवों के ज्येष्ठ भ्राता हो। इसलिये इस युद्ध में तुम्हें कौरवों के साथ नहीं वरन अपने भाईयों के साथ रहना चाहिये। मैं नहीं चाहती कि भाईयों में परस्पर युद्ध हो। मैं चाहती हूँ कि तुम पाण्डवों के पक्ष में रहो। ज्येष्ठ भ्राता होने के कारण पाण्डवों के राज्य के तुम अधिकारी हो। मेरी इच्छा है कि युद्ध जीतकर तुम राजा बनो।

कर्ण ने जबाव दिया, हे माता! आपने मुझे त्याग था, क्षत्रियों के उत्तम कुल में जन्म लेकर भी मैं सूतपुत्र कहलाता हूँ। क्षत्रिय होकर भी सूतपुत्र कहलाने के कारण द्रोणाचार्य ने मेरा गुरु बनना स्वीकार नहीं किया। युवराज दुर्योधन ही मेरे सच्चे मित्र हैं। मैं उनके उपकार को भूलकर कृतघ्न नहीं बन सकता। किन्तु आपका मेरे पास आना व्यर्थ नहीं जायेगा क्योंकि आज तक कर्ण के पास से खाली हाथ कभी कोई नहीं गया है। मैं आपको वचन देता हूँ कि मैं अर्जुन के सिवाय आपके किसी

पुत्र पर अस्त्र शस्त्र का प्रयोग नहीं करूँगा। मेरा और अर्जुन का युद्ध अवश्यम्भावी है और उस युद्ध में हम दोनों में से एक की मृत्यु निश्चित है। मेरी प्रतिज्ञा है कि आप पाँच पुत्रों की ही माता बनी रहेंगी। कर्ण की बात सुनकर तथा उन्हें आशीर्वाद देकर कुन्ती व्यथित हृदय लेकर लौट आईं।

महाभारत का युद्ध आरम्भ होने से पूर्व भीष्म ने जो कौरव सेना के प्रधान सेनापति थे, कर्ण को अपने नेतृत्व में युद्धक्षेत्र में भागीदारी करने से मना कर दिया। यद्यपि दुर्योधन उनसे निवेदन करता है, लेकिन वे नहीं मानते। और फिर कर्ण दसवें दिन उनकी आज्ञा के पश्चात ग्यारहवें दिन ही युद्धभूमि में आ पाता है।

अभिमन्यु बध और कर्ण की कायरता

हिंदुओं की पौराणिक कथा महाभारत के एक महत्त्वपूर्ण पात्र अभिमन्यु पूरु कुल के राजा व पंच पांडवों में से अर्जुन के पुत्र थे। कथा में उनका छल द्वारा कारुणिक अंत बताया गया है।

अभिमन्यु महाभारत के नायक अर्जुन और सुभद्रा, जो बलराम व कृष्ण की बहन थीं, के पुत्र थे। उन्हें चंद्र देवता का पुत्र भी माना जाता है। धारणा है कि समस्त देवताओं ने अपने पुत्रों को अवतार रूप में धरती पर भेजा था परंतु चंद्रदेव ने कहा कि वे अपने पुत्र का वियोग सहन नही कर सकते अतः उनके पुत्र को मानव योनि में मात्र सोलह वर्ष की आयु दी जाए।

अभिमन्यु का बाल्यकाल अपनी ननिहाल द्वारका में ही बीता। उनका विवाह महाराज विराट की पुत्री उत्तरा से हुआ। अभिमन्यु के पुत्र परीक्षित, जिसका जन्म अभिमन्यु के मृत्योपरांत हुआ, कुरुवंश के एकमात्र जीवित सदस्य पुरुष थे जिन्होंने युद्ध की समाप्ति के पश्चात पांडव वंश को आगे बढ़ाया।

अभिमन्यु एक असाधारण योद्धा थे। उन्होंने कौरव पक्ष की व्यूह रचना, जिसे चक्रव्यूह कहा जाता था, के सात में से छह द्वार भेद दिए थे। कथानुसार अभिमन्यु ने अपनी माता की कोख में रहते ही अर्जुन के मुख से चक्रव्यूह भेदन का रहस्य जान लिया था। पर सुभद्रा के बीच में ही निद्रामग्न होने से वे व्यूह से बाहर आने की विधि नहीं सुन पाये थे। अभिमन्यु की मृत्यु का कारण जयद्रथ था जिसने अन्य पांडवों को व्यूह में प्रवेश करने से रोक दिया था। संभवतः इसी का लाभ उठा कर व्यूह के अंतिम चरण में कौरव पक्ष के सभी महारथी युद्ध के मानदंडों को भुलाकर उस बालक पर टूट पड़े, जिस कारण उसने वीरगति को प्राप्त की। अभिमन्यु की मृत्यु का प्रतिशोध लेने के लिये अर्जुन ने जयद्रथ के वध की शपथ ली थी।

पितामह भीष्म के आहत होने पर आचार्य द्रोण को सेनापति बनाया गया। सेनापति बनने के बाद द्रोण ने प्रतिज्ञा की कि मैं भीष्म की तरह ही कौरव-सेना की रक्षा तथा पांडव-सेना का संहार करूँगा। मुझे केवल धृष्टद्युम्न की चिंता है, क्योंकि उसकी उत्पत्ति ही मेरी मृत्यु के लिए हुई है। दुर्योधन ने द्रोणाचार्य से प्रार्थना की कि यदि आप केवल युधिष्ठिर को पकड़ लें। तो युद्ध भी रुक जाएगा और जनसंहार भी न होगा।

युधिष्ठिर को पकड़ने का षडयंत्र

द्रोणाचार्य ने वचन दिया कि मैं पूरी शक्ति से युधिष्ठिर को बंदी बनाने की कोशिश करूँगा पर इसके लिए अर्जुन को युधिष्ठिर के पास से हटाना होगा। इस पर त्रिगर्त देश के राजा सुशर्मा तथा संसप्तकों ने विश्वास दिलाया कि युद्ध के लिए अर्जुन को चुनौती देंगे और लड़ते-लड़ते अर्जुन को दूर ले जाएँगे। उधर पांडवों को

कृष्ण ने कहा कि कल कर्ण भी युद्ध में भाग लेगा। अतः अब युद्ध छल-प्रधान होगा, इसलिए युधिष्ठिर की रक्षा का पूरा प्रबंध होना चाहिए। इस प्रकार ग्याहरवें दिन प्रातः काल दोनों सेनाएँ आमने-सामने आ डटीं।

ग्याहरवें दिन का युद्ध

आज के युद्ध में आचार्य द्रोणाचार्य सेनापति थे। इन्हीं के साथ दुर्योधन, दुशासन, जयद्रथ, कृतवर्मा, कृपाचार्य, अश्वत्थामा और कर्ण भी थे। पांडव-सेना में सबसे आगे अर्जुन थे। अर्जुन को देखकर त्रिगर्तराज सुशर्मा आगे बढ़े। अर्जुन ने सात्यकि को बुलाकर कहा कि आचार्य द्रोण की पूर्व रचना युधिष्ठिर को पकड़ने के लिए की गई है। तुम सावधान रहना। हमारी सेना का सेनापतित्व धृष्टद्युम्न कर रहे हैं, इससे आचार्य द्रोण डरे हुए हैं। सुशर्मा और संसप्तकों ने तेजी से आगे बढ़कर अर्जुन को चुनौती दी। अर्जुन ने आचार्य द्रोण को नमस्कार करने के लिए दो तीर छोड़े। आचार्य ने अपने शिष्य को आशीर्वाद दिया। सुशर्मा अर्जुन को लड़ते-लड़ते काफी दूर ले गए। शल्य ने भीम को रोका, कर्ण सात्यकि से जूझ पड़े तथा शकुनि ने सहदेव को ललकारा। युधिष्ठिर के साथ केवल नकुल रह गए। तभी यह अफवाह उड़ गई कि युधिष्ठिर पकड़े गए। धर्मराज के पकड़े जाने की खबर सुनकर अर्जुन तेजी से युधिष्ठिर के पास पहुँचे, अर्जुन ने देखा युधिष्ठिर सुरक्षित हैं। अर्जुन के आते ही आचार्य द्रोण ने युधिष्ठिर को पकड़ने की आशा छोड़ दी।

बारहवें दिन का युद्ध

आज फिर त्रिगर्तों ने अर्जुन को ललकारा और लड़ते-लड़ते उन्हें दूर ले गए। जब अर्जुन लड़ते-लड़ते उन्हें दूर ले गए। जब अर्जुन युधिष्ठिर की ओर लौटने लगे तो रास्ते में राजा भगदत्त ने हाथी पर सवार होकर अर्जुन का रास्ता रोक लिया और अपशब्द भी कहे। अर्जुन ने भगदत्त को मार डाला। इधर द्रोणाचार्य ने युधिष्ठिर को पकड़ने की बहुत कोशिश की। सत्यजित युधिष्ठिर के रक्षक थे। सत्यजित ने द्रोणाचार्य के घोड़े मार दिए तथा रथ के पहिए काट दिए। द्रोणाचार्य ने अर्धचंद्र बाण से सत्यजित का सिर काट दिया। सत्यजित के मरने पर युधिष्ठिर रण-क्षेत्र से लौट आए। रात को दुर्योधन ने द्रोण से कहा कि आपकी प्रतिज्ञा पूरी नहीं हुई। लगता है पांडवों के प्रति आपका स्नेह है, नहीं तो युधिष्ठिर को पकड़ लेना आपके लिए कोई बड़ी बात नहीं।

चक्रव्यूह की रचना

दुर्योधन की बात से द्रोणाचार्य क्षोभ से भर उठे। उन्होंने कहा कि हमने कोई कसर नहीं उठा रखी, पर अर्जुन अजेय है। कल हम चक्रव्यूह की रचना करेंगे। यदि अर्जुन को दूर ले जाया जाए तो युधिष्ठिर को पकड़ा जा सकता है, क्योंकि चक्रव्यूह का भेद केवल अर्जुन को ही पता है।

तेरहवें दिन का युद्ध, अभिमन्यु का वध

आज फिर त्रिगर्तों और संसप्तकों ने अर्जुन को ललकारा। अर्जुन उनका पीछा करते हुए बहुत दूर चले गए। उसी समय कौरवों के दूत ने युधिष्ठिर को चक्रव्यूह के युद्ध का संदेश पत्र दिया। युधिष्ठिर चिंतित हो गए। इसी समय अभिमन्यु ने आकर युधिष्ठिर को प्रणाम किया तथा बताया कि जब मैं माँ के गर्भ में था, पिताजी ने चक्रव्यूह के युद्ध का वर्णन किया था। मैं गर्भ से ही सुन रहा था। छः द्वारों तक के युद्ध का वर्णन मैंने सुना। सातवें द्वार के युद्ध सुनते-सुनते माँ को नींद आ गई। मैं इस युद्ध के लिए तैयार हूँ। युधिष्ठिर ने चक्रव्यूह भेदन का निमंत्रण स्वीकार कर लिया। माता सुभद्रा ने स्वयं अपने पुत्र को अस्त्र-शस्त्रों से सजाया पर अभिमन्यु की पत्नी उत्तरा ने उन्हें रण-क्षेत्र में जाने को मना किया। अभिमन्यु ने अपनी पत्नी उत्तरा को समझाया और चक्रव्यूह के द्वार गए। चक्रव्यूह के पहले द्वार पर जयद्रथ थे। अभिमन्यु ने जयद्रथ पर बाण चलाया तथा व्यूह को भेदकर भीतर पहुँच गया। भीम तथा अन्य पांडव वीर भीतर न जा सके। अभिमन्यु ने दूसरे द्वार पर द्रोणाचार्य को, तीसरे पर कर्ण को तथा चौथे द्वार पर अश्वत्थामा को हटाकर पाँचवें द्वार पर बढ़ गया। कर्ण की सलाह पर सातों रथियों ने अभिमन्यु को घेर लिया। अभिमन्यु ने घोर संग्राम किया, पर चारों ओर से प्रहार होने पर वह घायल हो गया, उसका सारथी मारा गया, घोड़े भी घायल होकर गिर पड़े। वह तलवार लेकर आगे बढ़ा, पर उसकी तलवार कट गई। अब वह रथ का चक्र लेकर टूट पड़ा। तभी दुर्योधन- के पुत्र लक्ष्मण ने अभिमन्यु के सिर पर गदा फेंककर मारी। अभिमन्यु घायल हो गया, पर उसने वही गदा लक्ष्मण की ओर फेंकी। अभिमन्यु तथा लक्ष्मण दोनों के प्राण एक साथ निकल गए। कौरवों को अभिमन्यु के वध का हर्ष तथा लक्ष्मण की मृत्यु का शोक हुआ। अभिमन्यु की मृत्यु से पांडव शोक में डूब गए। यह समाचार पाकर सुभद्रा और उत्तरा विलाप करती हुई चक्रव्यूह के सातवें द्वार पर पहुँच गईं। सुभद्रा अपने पुत्र का सिर गोद में लेकर

बिलख-बिलखकर रो पड़ी। उत्तरा ने सती होने की इच्छा प्रकट की पर उसके गर्भवती होने के कारण सुभद्रा ने मना कर दिया।

उस दिन के युद्ध त्रिगर्तों और संसप्तकों को पूरी तरह नष्ट करके अर्जुन लौटे तो चक्रव्यूह के युद्ध में अभिमन्यु के मारे जाने का समाचार मिला। वे अत्यंत व्याकुल हो उठे। श्रीकृष्ण ने अर्जुन को सांत्वना दी तथा कहा कि अभिमन्यु की मृत्यु का कारण जयद्रथ है, क्योंकि उसे शंकर से यह वरदान मिला हुआ है कि अर्जुन को छोड़कर बाकी चारों पांडव तुम्हें नहीं जीत सकते। इसीलिए उसे पहले द्वार पर रखा गया था कि भीम आदि चक्रव्यूह में प्रवेश न कर सकें। तब अर्जुन ने प्रतिज्ञा की कि कल सूर्यास्त से पहले यदि जयद्रथ का वध मैं नहीं कर सका तो अपना शरीर भी अग्नि को समर्पित कर दूँगा। अर्जुन की प्रतिज्ञा सुनकर जयद्रथ काँपने लगा। द्रोणाचार्य ने आश्वासन दिया कि वे ऐसा व्यूह बनाएँगे कि अर्जुन जयद्रथ को न देख सकेगा। वे स्वयं अर्जुन से लड़ते रहेंगे तथा व्यूह के द्वार पर स्वयं रहेंगे।

महाभारत में जयद्रथ सिंधु प्रदेश के राजा थे। जयद्रथ का विवाह कौरवों की एकमात्र बहन दुशाला से हुआ था। जयद्रथ वृद्धक्षत्र के पुत्र थे। वृद्धक्षत्र के यहाँ जयद्रथ का जन्म देर से हुआ था और जयद्रथ को यह वरदान प्राप्त था कि जयद्रथ का वध कोई सामान्य व्यक्ति नहीं कर पायेगा, साथ ही यह वरदान भी प्राप्त था कि जो भी जयद्रथ को मारेगा और जयद्रथ का सिर जमीन पर गिरायेगा, उसके सिर के हजारों टुकड़े हो जायेंगे।

वीर अभिमन्यु, एक ऐसा व्यक्तित्व जिसकी वीरता, पौरुष और मृत्यु ने तेहरवें दिन महाभारत के युद्ध की दिशा को बदल डाला। युद्ध के इस तेहरवें दिन ने न केवल युद्ध के तात्कालिक नियमो को प्रभावित किया अपितु आज तक के सभी युद्धों में युद्ध नियमो की परिभाषा को पूर्णतः समाप्त कर दिया महाभारत के इस विराट युद्ध से पहले ,युद्ध ,नियमो के अधीन लड़ा जाता था। जिसके अंतर्गत सूर्य उदय से पूर्व और सूर्य अस्त के पश्चात् युद्ध लड़ना और युद्ध सबंधी कोई भी क्रियाकलाप किसी योद्धा के कायर होने का सूचक था और युद्ध में निहत्थे योद्धा पर शस्त्र या अस्त्र चलाना किसी योद्धा के कायर होने का प्रमाण थाद्यपर आज की युद्ध नीति में इन सभी नियमो का कोई अवशेष नहीं मिलता है। और ये परम्परा इसी महासमर के तेहरवें दिन के घटनाक्रम की देन है।

अभिमन्यु का जन्म अर्जुन की पत्नी सुभद्रा की कोख से हुआ था। सुभद्रा,जो कृष्ण और बलराम की बहन थी,एक अत्यंत आकर्षक और अस्त्र-शस्त्र चलाने में निपुण युवती थी। अर्जुन ने उसे रेवतक पर्वत पर यादवों के उत्तसव में देखा और उसे

मन-ही-मन पसंद कर लिया। बलराम सुभद्रा का विवाह दुर्योधन से करना चाहते थे पर कृष्ण को अपनी प्रिय बहन का विवाह दुर्योधन जैसे आततायी के साथ बर्दाश्त नहीं था अतः उन्होंने अर्जुन की इच्छा को जानते हुए उसे सुभद्रा से विवाह करने हेतु सुभद्रा का अपहरण करने की सलाह दी और अर्जुन के लिए अपहरण में प्रयुक्त रथ और अस्त्रों-शस्त्रों की व्यवस्था की। अर्जुन ने सुभद्रा का अपहरण कर उससे विवाह किया। पर इस पूरे प्रसंग में प्राचीन भारत की विवाह सम्बन्धी स्वछंदता का आभास मिलता है। क्योंकि कुंती कृष्ण की बुआ थी और अर्जुन उसका बुआ पुत्र। पर फिर भी कृष्ण ने अपनी बहन का विवाह अर्जुन से करने में योगदान दिया,पर आज के हिन्दू समाज में ये विवाह अमान्य माना जाता।

अभिमन्यु जब सुभद्रा की कोख में था तब अर्जुन ने सुभद्रा को युद्ध में उपयोग आने वाली चक्रव्यूह रणनीति का सविस्तार वर्णन सुनाया क्योंकि उस समय केवल गुरु द्रोण,स्वयं अर्जुन और वासुदेव कृष्ण ही चक्रव्यूह में अंदर घुसना और उससे बाहर निकलना जानते थे। सुभद्रा ने चक्रव्यूह को तोड़ अंदर जाने की बात बड़े ध्यान से सुनी जिससे उसके गर्भ में पल रहे शिशु ने भी ग्रहण कर लिया पर जब अर्जुन उसे चक्रव्यूह से बाहर आने का मार्ग बताने लगा तब सुभद्रा को नींद आ गयी जिससे अभिमन्यु केवल अंदर जाने का रास्ता ही जान पाया।

अभिमन्यु के जन्म के पश्चात् पांडवों को 12 वर्ष का वनवास और एक वर्ष का अज्ञातवास पूरा करना था अतः अभिमन्यु द्वारका में वासुदेव कृष्ण के सानिध्य में पला-बढ़ा। अभिमन्यु ने सदैव वासुदेव कृष्ण से चक्रव्यूह के पूरे चक्र को सीखने की कोशिश की पर वासुदेव ने उसे कभी बाद में तो कभी अपने पिता से सीखने को कहा। अभिमन्यु का विवाह मत्स्यराज की पुत्री उत्तरा से हुआ। उत्तरा अज्ञातवास के दौरान अर्जुन की शिष्या थी।

अभिमन्यु, वासुदेव कृष्ण का भांजा और अर्जुन का पुत्र तो था ही पर उसमें अद्भुत युद्ध कला थी जिसके दम पर वह अकेला ही कई सेनाओं पर भारी था।

जयसहिंता के अनुसार युद्ध के तेहरवें दिन कौरव सेना के प्रधान सेनापति आचार्य द्रोण ने युधिष्ठिर को बंदी बनाने का विचार रखा ताकि युद्ध समाप्त हो जाये और पांडव हार जाये अतः उन्होंने युद्ध के भयंकरतम व्यूहों में एक चक्रव्यूह की रचना करने का विचार किया। वैसे युद्ध में कई युद्ध व्यूह उपयोग आते थे जैसे सर्पव्यूह, कुर्मव्यूह आदि पर चक्रव्यूह सर्वाधिक भयंकर और दुर्जेय था। परन्तु पांडवों में अर्जुन और उनका सारथी मधुसूदन प्रत्येक व्यूह को तोड़ना जानते थे चाहे वो चक्रव्यूह क्यों न हो। अतः गुरु द्रोणाचार्य और दुर्योधन ने मिलकर सुशर्मा और उसके भाई को अर्जुन युद्ध लड़ते-लड़ते उसे शेष पांडवो से दूर ले जाने के लिए कहा।

तेहरवें दिन सुबह सुशर्मा अर्जुन को लड़ते-लड़ते दूर ले गया और अर्जुन की अनुपस्थिति में गुरु द्रोण ने युधिष्ठिर को बंदी बनाने हेतु चक्रव्यूह रच डाला पर वीर बालक अभिमन्यु ने, जिसकी आयु मुश्किल 16-17 वर्ष होगी , चक्रव्यूह को तोड़ने की कला का रहस्योदघाटन करते हुए पांडव सेना की कमान संभाली। उसने अपने ताऊश्री युधिष्ठिर और भीम को अपने पीछे आने को कहा और चक्रव्यूह में घुस गया पर सिन्धु नरेश राजा जयद्रथ, जिसे एक दिन अर्जुन के बिना पूरी पांडव सेना को

रोक सकने का वरदान प्राप्त था, ने युधिष्ठिर , भीम इत्यादि को रोक लिया और अभिमन्यु को चक्रव्यूह में जाने दिया। अभिमन्यु ने चक्रव्यूह को भेद डाला था और इसके प्रहरी दुर्योधन पुत्र लक्ष्मण और दुशासन पुत्र को मार डाला था। इसके उपरांत उसने अश्मक पुत्र, शल्य पुत्र रुध्मराथा, द्रिघ्लोचन, कुन्दवेदी, शुसेना, वस्तिय आदि कई वीरों को यमराज के पास पंहुचा दिया। उसने द्वन्द युद्ध में कर्ण जैसे महारथी को घायल कर दिया और अश्वत्थामा, कृपाचार्य और भूरिश्रवा जैसे रथियों को पराजित कर दिया। पर अपने प्रिय पुत्र लक्ष्मण की मृत्यु से बौखलाए दुर्योधन ने खतरे को भांपते हुए सभी महारथियों को बालक अभिमन्यु पर एक साथ प्रहार करने को कहा जिसके परिणामस्वरूप कर्ण, अश्वत्थामा, भूरिश्रवा, कृपाचार्य, द्रोणाचार्य, शल्य, दुर्योधन, दुशासन जैसे महारथियों ने एक साथ अभिमन्यु पर प्रहार किया और उसके अस्त्र-शस्त्र समाप्त करवा दिए। फिर कर्ण ने उस बालक के रथ को तीर से तोड़ डाला और उस निहत्थे बालक पर सभी महारथी एक साथ टूट पड़े। वो निहत्था बालक रक्त की अंतिम बूँद तक इन महारथियों से रथ के पहिये को उठा कर लड़ा पर तलवारों ने उसकी जान ले ली। और फिर जयद्रथ ने बालक अभिमन्यु के शव को पाँव से मारा यह सब उसी प्रकार से था जैसे एक सिंह को सौ सियारों ने घेर कर मार डाला और फिर उस बहादुरी का जश्न मनाया हो। पर जो भी हो बालक अभिमन्यु की हत्या ने युद्ध नियमो की बलि ले ली। जिसका ज्यादा खामियाजा कौरवों ने ही भुगता क्योंकि कर्ण, द्रोणाचार्य, दुशासन, और दुर्योधन का वध युद्ध नियमो की इसी बलि के भेट चढ़ा क्योंकि जब अधर्म अपनी पूरी नीचता पर उतर आता है तब वासुदेव कृष्ण जैसे नीतिज्ञ भी अधर्म को उसकी औकात दिखा ही देता है।

वैसे अभिमन्यु वध महारथी कर्ण और गुरु द्रोणाचार्य के जीवन में कलंक साबित हुआ और इसी घटना ने इन महारथियों की मृत्यु का मार्ग प्रशस्त किया। कर्ण वध और द्रोणाचार्य वध को इतिहास अभिमन्यु वध के पश्चात् ही तो उचित मानता!!!!

अर्जुन की प्रतिज्ञा

महाभारत का भयंकर युद्ध चल रहा था। लड़ते-लड़के अर्जुन रणक्षेत्र से दूर चले गए थे। अर्जुन की अनुपस्थिति में पाण्डवों को पराजित करने के लिए द्रोणाचार्य ने चक्रव्यूह की रचना की। अर्जुन-पुत्र अभिमन्यु चक्रव्यूह भेदने के लिए उसमें घुस

गया। उसने कुशलतापूर्वक चक्रव्यूह के छः चरण भेद लिए, लेकिन सातवें चरण में उसे दुर्योधन, जयद्रथ आदि सात महारथियों ने घेर लिया और उस पर टूट पड़े। जयद्रथ ने पीछे से निहत्थे अभिमन्यु पर जोरदार प्रहार किया। वह वार इतना तीव्र था कि अभिमन्यु उसे सहन नहीं कर सका और वीरगति को प्राप्त हो गया। अभिमन्यु की मृत्यु का समाचार सुनकर अर्जुन क्रोध से पागल हो उठा। उसने प्रतिज्ञा की कि यदि अगले दिन सूर्यास्त से पहले उसने जयद्रथ का वध नहीं किया तो वह आत्मदाह कर लेगा। जयद्रथ भयभीत होकर दुर्योधन के पास पहुँचा और अर्जुन की प्रतिज्ञा के बारे में बताया।

जयद्रथ का वध

दुर्योधन उसका भय दूर करते हुए बोला-चिंता मत करो, मित्र! मैं और सारी कौरव सेना तुम्हारी रक्षा करेंगे। अर्जुन कल तुम तक नहीं पहुँच पाएगा। उसे आत्मदाह करना पड़ेगा। अगले दिन युद्ध शुरू हुआ। अर्जुन की आँखें जयद्रथ को ढूँढ रही थीं, किंतु वह कहीं नहीं मिला। दिन बीतने लगा। धीरे-धीरे अर्जुन की निराशा बढ़ती गई। यह देख श्रीकृष्ण बोले-पार्थ! समय बीत रहा है और कौरव सेना ने जयद्रथ को रक्षा कवच में घेर रखा है। अतः तुम शीघ्रता से कौरव सेना का संहार करते हुए अपने लक्ष्य की ओर बढ़ो। यह सुनकर अर्जुन का उत्साह बढ़ा और वह जोश से लड़ने लगे। लेकिन जयद्रथ तक पहुँचना मुश्किल था। सन्ध्या होने वाली थी। तब श्रीकृष्ण ने अपनी माया फैला दी। इसके फलस्वरूप सूर्य बादलों में छिप गया और सन्ध्या का भ्रम उत्पन्न हो गया। 'सन्ध्या हो गई है और अब अर्जुन को प्रतिज्ञावश आत्मदाह करना होगा।'-यह सोचकर जयद्रथ और दुर्योधन खुशी से उछल पड़े।

अर्जुन को आत्मदाह करते देखने के लिए जयद्रथ कौरव सेना के आगे आकर अट्टहास करने लगा। जयद्रथ को देखकर श्रीकृष्ण बोले-पार्थ! तुम्हारा शत्रु तुम्हारे सामने खड़ा है। उठाओ अपना गांडीव और वध कर दो इसका। वह देखो अभी सूर्यास्त नहीं हुआ है। यह कहकर उन्होंने अपनी माया समेट ली। देखते-ही-देखते सूर्य बादलों से निकल आया। सबकी दृष्टि आसमान की ओर उठ गई। सूर्य अभी भी चमक रहा था। यह देख जयद्रथ और दुर्योधन के पैरों तले जमीन खिसक गई। जयद्रथ भागने को हुआ लेकिन तब तक अर्जुन ने अपना गांडीव उठा लिया था। तभी श्रीकृष्ण चेतावनी देते हुए बोले-हे अर्जुन! जयद्रथ के पिता ने इसे वरदान दिया था कि जो इसका मस्तक जमीन पर गिराएगा, उसका मस्तक भी सौ टुकड़ों में

विभक्त हो जाएगा। इसलिए यदि इसका सिर जमीन पर गिरा तो तुम्हारे सिर के भी सौ टुकड़े हो जाएँगे। हे पार्थ! उत्तर दिशा में यहाँ से सो योजन की दूरी पर जयद्रथ का पिता तप कर रहा है। तुम इसका मस्तक ऐसे काटो कि वह इसके पिता की गोद में जाकर गिरे।

अर्जुन ने श्रीकृष्ण की चेतावनी ध्यान से सुनी और अपनी लक्ष्य की ओर ध्यान कर बाण छोड़ दिया। उस बाण ने जयद्रथ का सिर धड़ से अलग कर दिया और उसे लेकर सीधा जयद्रथ के पिता की गोद में जाकर गिरा। जयद्रथ का पिता चौंककर उठा तो उसकी गोद में से सिर जमीन पर गिर गया। सिर के जमीन पर गिरते ही उनके सिर के भी सौ टुकड़े हो गए। इस प्रकार अर्जुन की प्रतिज्ञा पूरी हुई।

पितामह क्षमा करें

युद्ध शुरू हुआ। प्रधान सेनापति भीष्म के नेतृत्व में कौरवों की सेना पांडवों से 10 दिन तक लड़ी। भीष्म पितामह ने पांडवों की सेना के हजारें सैनिकों को मार गिराया। यहां तक कि अर्जुन भी परेशान हो उठे। 10 दिन युद्ध करने के बाद पितामह भीष्म बाणों से छलनी होकर गिर पड़े। बाण उनके सारे शरीर में घुस गये थे।

भीष्म द्वारा अपमान करने के कारण कर्ण उनसे क्रोधित थे। जब उन्होंने भीष्म की वीरता देखी तब उनका सारा क्रोध जाता रहा। कर्ण स्वभाव से अत्यंत उदार थे। अपने शत्रु के साहस तक की वे प्रशंसा करते थे। वे पितामह भीष्म के आहत होने का समाचार पाकर युद्ध क्षेत्र में गये। भीष्म बाणशैय्या पर लेटे थे। कर्ण ने पितामह भीष्म के चरण छुये तथा आदरपूर्वक कहा, ''पितामह, मैं कर्ण हूं। मैं आपको श्रद्धासुमन अर्पित करने आया हूं।'' यह सुनकर भीष्म के नेत्रों में आंसुओं की धारा बह चली। उन्होंने कर्ण को बाहुपास में ले लिया तथा कहा, ''कर्ण, तुम सोचते हो कि मैं तुमसे घृणा करता हूं। नहीं बेटे, मेरे मन में तुम्हारे प्रति सत्य ही कोई कटुता नहीं है। मैं जानता हूं तुम एक वीर योद्धा हो। तुम ईश्वर की तरह हो। साहस एवं वीरता में तुम अद्वितीय हो। युद्ध-कला में तुम कृष्ण तथा अर्जुन के समकक्ष हो। लेकिन तुमने अपनी शक्ति पर हमेशा गर्व किया। मैं तुम्हारी गर्वोक्ति को रोकने के लिये तुमसे कठोर शब्दों में वार्तालाप किया करता था।''

भीष्म के वचन सुनकर कर्ण का गला भर आया। वह बोले, ''पितामह ! मैंने गुस्से से या अज्ञानवश आपसे कटु वचन कहे। कृपया मुझे क्षमा कर दें।'' भीष्म ने कहा, ''तुम कुंती के पुत्र हो। कौरवों के लिये यह युद्ध जीतना असंभव है। पांडवों के साथ मिल जाओ। दुर्योधन को युद्ध रोकने की सलाह दो। तुम सब को एकता से रहना चाहिये।''

कर्ण ने विनम्रता पूर्वक कहा, ''मैं पांडवों का साथ नहीं दे सकता। सफलता या असफलता भगवान के हाथ में है। मैं अंतिम सांस तक दुर्योधन के लिये लडूंगा। वह मुझ पर विश्वास करता है।'' इतना कहकर कर्ण ने फिर भीष्म को प्रणाम किया तथा वहां चले गये।

भीष्म के बाद द्रोणाचार्य कौरव-सेना के प्रधान सेनापति बने। चौथे दिन मशालों के प्रकाश में युद्ध रात को भी हुआ। भीम के पुत्र घटोत्कच ने भीषण युद्ध किया। वह हिडिंबा राक्षसी से पैदा हुआ था और अत्यंत वीर एवं युद्धशास्त्र निपुण था। उसके युद्ध कौशल से कौरव सेना के छक्के छूट गये। यह देखकर कर्ण ने उसका सामना किया। उनके पास वैजयंती नामक अचूक हथियार था जो उन्होंने अर्जुन को मारने के लिये रखा था। कर्ण ने इस अस्त्र का उपयो कर घटोत्कच के दो टुकड़े कर दिये। कौरव-सेना में नये उत्साह का संचार हुआ। कर्ण द्वारा 'वैजयंती'' का प्रयोग करने की खबर सुनकर, कृष्ण तथा अर्जुन ने राहत की सांस ली।

कर्ण सर्वोच्च सेनापति

द्रोणाचार्य पांच दिन युद्ध करने के बाद मारे गये। उनके बाद कर्ण सर्वोच्च सेनापति बने। पहले ही दिन वे नकुल का संहार करने वाले थे लेकिन कुंती को दिया वचन याद कर उन्होंने नकुल को जीवनदान दिया।

कर्ण, अर्जुन का संहार करने को उत्सुक थे। युद्धकला के हर क्षेत्र में वह अर्जुन से ज्यादा निपुण थे। लेकिन उनके पास अर्जुन के सारथी भगवान कृष्ण जैसा कुशल सारथी नहीं था। दुर्योधन को संदेश भेजकर कर्ण ने शल्य को अपना सारथी बनाया। इससे कर्ण की ही हानि हुयी। शल्य पांडवों का मामा था। यद्यपि वह कौरवों के साथ था। लेकिन वह पांडवों से स्नेह करता था।

पांडवों ने गुप्त रूप से शल्य से प्रार्थना की थी कि यदि वह कर्ण के सारथी बनें तो ऐसी बातें करें जिससे कर्ण अपना साहस खो बैठे। शल्य ने ऐसा ही किया।

उसने सारथी बनकर कर्ण के सामने अर्जुन की खूब प्रशंसा की। उसने अर्जुन को कर्ण से अधिक शक्तिशाली सिद्ध करने का प्रयास किया। इससे कर्ण का उत्साह ठंडा पड़ गया। यह कर्ण का दुर्भाग्य था कि जिस सारथी को उसे सहायता करनी चाहिये थी, वही कर्ण को परास्त करवाने में जुटा था। यही नहीं, उस दिन युद्ध में कर्ण के दो पुत्र भी मारे गये।

घटोतकच का वध

चौदहवें दिन का युद्ध अविलक्षण रूप से सूर्यास्त के बाद तक चलता रहा और भीमपुत्र घटोत्कच, जो अर्ध-असुर था, कौरव सेनाओं का बड़े पैमाने पर संहार करता रहा। आमतौर पर, असुर रात्री के समय बहुत अधिक शक्तिशाली हो जाते हैं। दुर्योधन और कर्ण ने वीरता से उसका सामना किया और उससे युद्ध किया। अन्ततः जब यह लगने लगा कि उसी रात घटोत्कच सारी कौरव सेना का संहार कर देगा तो, दुर्योधन ने कर्ण से ये निवेदन किया कि वह किसी भी प्रकार से इस समस्या से छुटकारा दिलाए। कर्ण को विवश होकर शक्ति अस्त्र घटोत्कच पर चलाना पड़ा। यह अस्त्र देवराज इन्द्र द्वारा कर्ण को उसकी दानपरायण्ता के सम्मान स्वरूप दिया गया था (जब कर्ण ने अपने कवच-कुण्डल इन्द्र को दान दे दिए थे)। लेकिन कर्ण इस अस्त्र का प्रयोग केवल एक बार कर सकता था, जिसके बाद यह अस्त्र इन्द्र के पास लौट जाएगा। इस प्रकार, शक्ति अस्त्र का प्रयोग घटोत्कच पर करने के बाद वह इसे बाद में अर्जुन पर ना कर सका।

कर्ण की वीरता

सत्रहवें दिन से पहले तक, कर्ण का युद्ध अर्जुन के अतिरिक्त सभी पाण्डवों से हुआ। उसने महाबली भीम सहित इन पाण्डवों को एक-पर-एक रण में परास्त भी किया था। पर माता कुन्ती को दिए वचनानुसार उसने किसी भी पाण्डव का वध नहीं किया। सत्रहवें दिन के युद्ध में आखिरकार वह घड़ी आ ही गई, जब कर्ण और अर्जुन आमने-सामने आ गए। इस शानदार संग्राम में दोनों ही बराबर थे। कर्ण को उसके गुरू परशुराम द्वारा विजय नामक धनुष भेंट स्वरूप दिया गया था, जिसे स्वयं विश्वकर्मा ने बनाया था। दुर्योधन के निवेदन पर पाण्डवों के मामा शल्य, कर्ण के सारथी बनने के लिए तैयार हुए। दरसल अर्जुन के सारथी स्वयं श्रीकृष्ण थे और कर्ण

किसी भी मामले में अर्जुन से कम ना हो इसके लिए शल्य से सारथी बनने का निवेदन किया गया, क्योंकि उनके अन्दर वे सभी गुण थे जो एक योग्य सारथी में होने चाहिए।

रण के दौरान, अर्जुन के बाण कर्ण के रथ पर लगे और उसका रथ कई गज पीछे खिसक गया। लेकिन, जब कर्ण के बाण अर्जुन के रथ पर लगे तो उसका रथ केवल कुछ ही बालिश्त (हथेली जितनी दूरी) दूर खिसका। इसपर श्रीकृष्ण ने कर्ण की प्रशंसा की। इस बात पर चकित होकर अर्जुन ने कर्ण की इस प्रशंसा का कारण पूछा, क्योंकि उसके बाण रथ को पीछे खिसकाने में अधिक प्रभावशाली थे। तब कृष्ण ने कहा कि कर्ण के रथ पर केवल कर्ण और शल्य का भार है, लेकिन अर्जुन के रथ पर तो स्वयं वे और हनुमान विराजमान है और तब भी कर्ण ने उनके रथ को कुछ बालिश्त पीछे खिसका दिया।

इसी प्रकार कर्ण ने कई बार अर्जुन के धनुष की प्रत्यूंचा काट दी। लेकिन हर बार अर्जुन पलक झपकते ही धनुष पर प्रत्यूंचा चढ़ा लेता। इसके लिए कर्ण अर्जुन की प्रशंसा करता है और शल्य से कहता है कि वह अब समझा कि क्यों अर्जुन को सर्वश्रेष्ठ धनुर्धर कहा जाता है।

कर्ण और अर्जुन ने दैवीय अस्त्रों को चलाने के अपने-अपने ज्ञान का पूर्ण उपयोग करते हुए बहुत लम्बा और घमासान युद्ध किया। कर्ण द्वारा अर्जुन का सिर धड़ से अलग करने के लिए 'नागास्त्र' का प्रयोग किया गया। लेकिन श्रीकृष्ण द्वारा सही समय पर रथ को भूमि में थोड़ा सा धँसा लिया गया जिससे अर्जुन बच गया। इससे 'नागास्त्र' अर्जुन के सिर के ठीक ऊपर से उसके मुकुट को छेदता हुआ निकल गया। नागास्त्र पर उपस्थित अश्वसेना नाग ने कर्ण से निवेदन किया कि वह उस अस्त्र का दोबारा उपयोग करे ताकि इस बार वह अर्जुन के शरीर को बेधता हुआ निकल जाए, लेकिन कर्ण माता कुन्ती को दिए वचन का पालन करते हुए उस अस्त्र के पुनः प्रयोग से मना कर देता है।

यद्यपि युद्ध गतिरोधपूर्ण हो रहा था लेकिन कर्ण तब उलझ गया जब उसके रथ का एक पहिया धरती में धँस गया (धरती माता के श्राप के कारण)। वह अपने को दैवीय अस्त्रों के प्रयोग में भी असमर्थ पाता है, जैसा की उसके गुरु परशुराम का श्राप था। तब कर्ण अपने रथ के पहिए को निकालने के लिए नीचे उतरता है और अर्जुन से निवेदन करता है की वह युद्ध के नियमों का पालन करते हुए कुछ देर के लिए उसपर बाण चलाना बन्द कर दे। तब श्रीकृष्ण, अर्जुन से कहते हैं कि कर्ण

को कोई अधिकार नहीं है की वह अब युद्ध नियमों और धर्म की बात करे, जबकि स्वयं उसने भी अभिमन्यु वध के समय किसी भी युद्ध नियम और धर्म का पालन नहीं किया था।

उन्होंने आगे कहा कि तब उसका धर्म कहाँ गया था जब उसने दिव्य-जन्मा (द्रौपदी का जन्म हवनकुण्ड से हुआ था) द्रौपदी को पूरी कुरु राजसभा के समक्ष वैश्या कहा था। द्युत-क्रीड़ा भवन में उसका धर्म कहाँ गया था। इसलिए अब उसे कोई अधिकार नहीं की वह किसी धर्म या युद्ध नियम की बात करे और उन्होंने अर्जुन से कहा कि अभी कर्ण असहाय है (ब्राह्मण का श्राप फलीभूत हुआ) इसलिए वह उसका वध करे।

श्रीकृष्ण कहते हैं कि यदि अर्जुन ने इस निर्णायक मोड़ पर अभी कर्ण को नहीं मारा तो सम्भवतः पाण्डव उसे कभी भी नहीं मार सकेंगे और यह युद्ध कभी भी नहीं जीता जा सकेगा। तब, अर्जुन ने एक दैवीय अस्त्र का उपयोग करते हुए कर्ण का सिर धड़ से अलग कर दिया। कर्ण के शरीर के भूमि पर गिरने के बाद एक ज्योति कर्ण के शरीर से निकली और सूर्य में समाहित हो गई।

स्वामी की सेवा में मृत्यु

इससे कर्ण हताश नहीं हुये। उस दिन कर्ण तथा अर्जुन के बीच भीषण युद्ध हुआ। कर्ण के युद्ध-कौशल से कौरव और पांडव सेना दंग रह गयी तथा उनकी प्रशंसा करने लगी। कृष्ण, भीम तथा अन्य योद्धा अर्जुन से कहने लगे, ''यह क्या अर्जुन, तुम उत्साह से युद्ध नहीं कर रहे हो। कर्ण तुम्हारे सभी हथियारों को नष्ट

कर रहा है। अपनी लड़ाई में प्राण फूंको। अर्जुन यथाशक्ति प्रयास करने के बावजूद युद्ध में फीके पड़ रहे थे। अतः उन्होंने ब्रह्मास्त्र का प्रयोग किया। यह देखकर कौरव सेना आतंकित होकर भागने लगी। लेकिन कर्ण विचलित नहीं हुये। हंसकर उन्होंने एक अत्यंत शक्तिशाली अस्त्र का उपयोग कर ब्रह्मास्त्र रोक दिया। इसके बाद कर्ण ने सर्प बाण छोड़ा, जो अर्जुन के मुकुट को भेदते हुए आगे निकल गया।

सर्प बाण बेकार होने पर कर्ण ने एक और घातक हथियार प्रयुक्त करना चाहा लेकिन परशुराम के शाप के कारण वे उनका उपयोग करना नहीं जान पाये। यही नहीं उनके रथ का बायां पहिया भी जमीन में धंस गया। इससे रथ रुक गया। कर्ण के दुर्भाग्य की कोई सीमा नहीं थी।

कर्ण ने अर्जुन की तरफ मुड़कर कहा, ''अर्जुन मेरे रथ का पहिया जमीन में धंस गया है। मुझे एक क्षण का समय दो। मैं पहिये को बाहर निकाल दूंगा उसके बाद हम फिर युद्ध कर सकते हैं। जब मैं रथ से उतरुंगा, तब मेरे पास बाण नहीं होगा, तुम बाण मत चलाओ। एक योद्धा के लिये निहत्थे पर वार करना उचित नहीं है।''

अर्जुन शायद कर्ण की बात मान लेते, परंतु कृष्ण ने उन्हें समझाया, ''अर्जुन ! यह कर्ण को मारने का उचित समय है। बिना किसी हिचक के बाण छोड़ो।'' कर्ण रथ से उतरकर पहिया निकालने का प्रयास कर रहे थे। लेकिन दुर्भाग्यवश पहिया हिला तक नहीं। इसी बीच कृष्ण की सलाह मानकर अर्जुन ने 'अंजलिका' बाण चला दिया। वीर कर्ण का सिर पृथ्वी पर ऐसे गिरा, मानो सूर्य आकाश से नीचे गिर पड़ा हो।

इस प्रकार कर्ण ने अपने मित्र तथा स्वामी दुर्योधन की खातिर प्राण न्योछावर कर दिये। उन्होंने सच्चाई तथा निष्ठा का एक उदाहरण प्रस्तुत किया।

महाभारत के इतिहास को देखें तो भगवान श्रीकृष्ण के बाद, कर्ण की ही महानता मान्य की गयी है। कर्ण का प्रभाव मित्रों पर भी था। एक बार तो उन्होंने सम्राट जरासंध समान श्रेष्ठ मल्ल को भी पराजित कर दिया था।

पराक्रम के साथ कर्ण मे अन्य अनेक गुण थे। वे दानवीर थे। तपस्वी थे। अपने कवच कुंडल भी उन्होंने दान किये। सूर्य भगवान से उन्होंने कहा था कि, ''यदि इंद्र ब्राह्मणवेश में कवच कुंडल मांगने आ रहे हैं, तो मैं दे दूंगा। अपनी कीर्ति नष्ट हो यह मैं नहीं चाहता। कीर्तियुक्त मृत्यु मुझे स्वीकार है।''

कर्ण में जितनी सहनशीलता थी, उतनी ही समयसूचकता भी। भीष्म पितामह की मृत्यु पर, कौरव उन्हें सेनापति बनाना चाहते थे। परंतु कौरव सेना के अपने से बड़े, वृद्ध योद्धाओं को यह गौरव मिलना ही चाहिये, यह उनका आग्रह था। वे नहीं चाहते थे कि कौरव सेना में फूट पड़े। जिन गुरू द्रोणाचार्य की उन्होंने निंदा की थी, उन्हीं को आग्रहपूर्वक सेनापति का पद दिलवाया।

कर्ण पांडवों के गुणों का भी आदर करते थे। अर्जुन को युद्ध में मार डालने की घोषणायें उन्होंने की पर अर्जुन की वीरता की वे प्रशंसा करते थे। अपने सारथी शल्य के पास भी उन्होंने यह प्रशंसा की। भगवान श्रीकृष्ण के साथ बातचीत करते समय, युधिष्ठिर को धर्मात्मा कह कर उनका गौरव भी किया˙ पितामह भीष्म की मृत्यु पर उन्हें भारी दुःख हुआ।

महाभारत का युद्ध चल रहा था। सूर्यास्त के बाद सभी अपने-अपने शिविरों में थे। उस दिन अर्जुन कर्ण को पराजित कर अहंकार में चूर थे। वह अपनी वीरता की डींगें हाँकते हुए कर्ण का तिरस्कार करने लगे। यह देखकर श्रीकृष्ण बोले-पार्थ! कर्ण सूर्यपुत्र है। उसके कवच और कुण्डल दान में प्राप्त करने के बाद ही तुम विजय पा सके हो अन्यथा उसे पराजित करना किसी के वश में नहीं था। वीर होने के साथ ही वह दानवीर भी हैं। कर्ण की दानवीरता की बात सुनकर अर्जुन तर्क देकर उसकी उपेक्षा करने लगा। श्रीकृष्ण अर्जुन की मनोदशा समझ गए। वे शांत स्वर में बोले-पार्थ! कर्ण रणक्षेत्र में घायल पड़ा है। तुम चाहो तो उसकी दानवीरता की परीक्षा ले सकते हो। अर्जुन ने श्रीकृष्ण की बात मान ली। दोनों ब्राह्मण के रूप में उसके पास पहुँचे। घायल होने के बाद भी कर्ण ने ब्राह्मणों को प्रणाम किया और वहाँ आने का उद्देश्य पूछा। श्रीकृष्ण बोले-राजन! आपकी जय हो। हम यहाँ भिक्षा लेने आए हैं। कृपया हमारी इच्छा पूर्ण करें। कर्ण थोड़ा लज्जित होकर बोला-ब्राह्मण देव! मैं रणक्षेत्र में घायल पड़ा हूँ। मेरे सभी सैनिक मारे जा चुके हैं। मृत्यु मेरी प्रतीक्षा कर रही है। इस अवस्था में भला मैं आपको क्या दे सकता हूँ?

राजन! इसका अर्थ यह हुआ कि हम खाली हाथ ही लौट जाएँ? किंतु इससे आपकी कीर्ति धूमिल हो जाएगी। संसार आपको धर्मविहीन राजा के रूप में याद रखेगा। यह कहते हुए वे लौटने लगे। तभी कर्ण बोला-ठहरिए ब्राह्मणदेव! मुझे यश-कीर्ति की इच्छा नहीं है, लेकिन मैं अपने धर्म से विमुख होकर मरना नहीं चाहता। इसलिए मैं आपकी इच्छा अवश्य पूर्ण करूँगा। कर्ण के दो दाँत सोने के

थे। उन्होंने निकट पड़े पत्थर से उन्हें तोड़ा और बोले-ब्राह्मण देव! मैंने सर्वदा स्वर्ण(सोने) का ही दान किया है। इसलिए आप इन स्वर्णयुक्त दाँतों को स्वीकार करें। श्रीकृष्ण दान अस्वीकार करते हुए बोले-श्राजन! इन दाँतों पर रक्त लगा है और आपने इन्हें मुख से निकाला है। इसलिए यह स्वर्ण जूठा है। हम जूठा स्वर्ण स्वीकार नहीं करेंगे। तब कर्ण घिसटते हुए अपने धनुष तक गए और उस पर बाण चढ़ाकर गंगा का स्मरण किया। तत्पश्चात् बाण भूमि पर मारा। भूमि पर बाण लगते ही वहाँ से गंगा की तेज जल धारा बह निकली। कर्ण ने उसमें दाँतों को धोया और उन्हें देते हुए कहा-ब्राह्मणों! अब यह स्वर्ण शुद्ध है। कृपया इसे ग्रहण करें। तभी कर्ण पर पुष्पों की वर्षा होने लगी। भगवान श्रीकृष्ण और अर्जुन अपने वास्तविक स्वरूप में प्रकट हो गए। विस्मित कर्ण भगवान श्रीकृष्ण की स्तुति करते हुए बोला-भगवन! आपके दर्शन पाकर मैं धन्य हो गया। मेरे सभी पाप नष्ट हो गए प्रभु! आप भक्तों का कल्याण करने वाले हैं। मुझ पर भी कृपा करें। तब श्रीकृष्ण उसे आशीर्वाद देते हुए बोले-कर्ण! जब तक यह सूर्य, चन्द्र, तारे और पृथ्वी रहेंगे, तुम्हारी दानवीरता का गुणगान तीनों लोकों में किया जाएगा। संसार में तुम्हारे समान महान दानवीर न तो हुआ है और न कभी होगा। तुम्हारी यह बाण गंगा युगों-युगों तक तुम्हारे गुणगान करती रहेगी। अब तुम मोक्ष प्राप्त करोगे। कर्ण की दानवीरता और धर्मपरायणता देखकर अर्जुन भी उसके समक्ष नतमस्तक हो गया।

कर्ण की मृत्यु के कारक

कर्ण की मृत्यु के सम्बन्ध में निम्नलिखित कारक गिनाए जा सकते हैं:

1. कर्ण की मृत्यु का सर्वप्रथम कारक तो स्वयं ऋषि दुर्वासा ही हैं। कुन्ती को यह वरदान देते समय की वह किसी भी देव का आह्वान करके उनसे सन्तान प्राप्त कर सकती है, इस वरदान के परिणाम के बारे में नहीं बताया। इसलिए, कुन्ती उत्सुकता वश सूर्यदेव का आह्वान करती है और यह ध्यान नहीं रखतीं की विवाहपूर्व इसके क्या परिणाम हो सकते हैं और वरदानानुसार सूर्यदेव कुन्ती को एक पुत्र देते हैं। लेकिन लोक-लाज के भय से कुन्ती इस शिशु को गंगाजी में बहा देतीं है। तब कर्ण, महाराज धृतराष्ट्र के सारथी अधिरथ और उनकी पत्नी राधा को मिलता है वे उसका लालन-पालन करते हैं और इस प्रकार कर्ण की क्षत्रिय पहचान निषेध कर दी जाती है। कर्ण, ना की

युधिष्ठिर या दुर्योधन, हस्तिनापुर के सिंहासन का वास्तविक अधिकारी था, लेकिन यह कभी हो ना सका क्योंकि उसका जन्म और पहचान गुप्त रखे गए।

2. देवराज इन्द्र जिन्होंने बिच्छू के रूप में कर्ण की क्षत्रिय पहचान उसके गुरु के सामने ला दी और अपनी पहचान के सम्बन्ध में अपने गुरु से मिथ्याभाषण के कारण (जिसके लिए कर्ण स्वयं दोषी नहीं था क्योंकि उसे स्वयं अपनी पहचान का ज्ञान नहीं था) उसके गुरु ने उसे सही समय पर उसका शस्त्रास्त्र ज्ञान भूल जाने का श्राप दे दिया।
3. गाय वाले ब्राह्मण का श्राप की जिस प्रकार उसने एक असहाय और निर्दोष पशु को मारा है उसी प्रकार वह भी तब मारा जाएगा जब वह सर्वाधिक असहाय होगा और उसका ध्यान अपने शत्रु से अलग किसी अन्य वस्तु पर होगा। इसी श्राप के कारण अर्जुन उसे तब मारता है जब उसके रथ का पहिया धरती में धँस जाता है और उसका ध्यान अपने रथ के पहिए को निकालने में लगा होता है।
4. धरती माता का श्राप की वह नियत समय पर उसके रथ के पहिए को खा जाएगीं और वह अपने शत्रुओं के सामने सर्वाधिक विवश हो जाएगा।
5. भिक्षुक के भेष में देवराज इन्द्र को, कर्ण द्वारा अपनी लोकप्रसिद्ध दानप्रियता के कारण अपने शरीर पर चिपके कवच कुण्डल दान में दे देना।
6. शक्ति अस्त्र का घटोत्कच पर चलाना, जिसके कारण वह वचनानुसार दूसरी बार इस अस्त्र का उपयोग नहीं कर सकता था।
7. माता कुन्ती को दिए वचनानुसार नागास्त्र का दूसरी बार प्रयोग ना करना।
8. माता कुन्ती को दिए दो वचन।
9. महाराज और कर्ण के सारथी पाण्डवों के मामा शल्य, जिन्होंने सत्रहवें दिन के युद्ध में अर्जुन की युद्ध कला की प्रशंसा करके कर्ण का मनोबल गिरा दिया।
10. युद्ध से कुछ दिन पूर्व जब कर्ण को यह ज्ञात होता है की पाण्डव उसके भाई हैं तो उनके प्रति उसकी सारी दुर्भावना समाप्त हो गई, पर दुर्योधन के प्रति निष्ठ होने के कारण वह पाण्डवों (अर्थात अपने भाईयों) के विरुद्ध लड़ा। जबकि कर्ण की मृत्यु होने तक पाण्डवों को यह नहीं पता था की कर्ण उनका ज्येष्ठ भाई है।
11. अभिमन्यु वध में कर्ण की नकारात्मक भूमिका।

12. द्रौपदी का अपमान करना।
13. श्रीकृष्ण द्वारा अर्जुन को यह आदेश देना की वह कर्ण का वध करे जबकि वह अपने रथ के धँसे पहिए को निकाल रहा होता है।
14. भीष्म पितामह, क्योंकि उन्होंने अपने सेनापतित्व में कर्ण को लड़ने की आज्ञा नहीं दी।
15. गुरु द्रोण, क्योंकि उन्होंने कर्ण को अपना शिष्य स्वीकार नहीं किया।
16. सूर्यदेव जो सत्रहवें दिन के युद्ध में तब अस्त हो गए जब कर्ण के पास अर्जुन को मारने का पूरा अवसर था।
17. दैवीय अस्त्रों से युक्त अर्जुन।
18. कुलगुरु कृपाचार्य, जिन्होंने कर्ण को अर्जुन से युद्ध भूमि में कमतर होने की अनुभूति कराई।
19. देवेन्द्र, जिन्होंने अर्जुन को बहुत से दिव्यास्त्र दिए थे।
20. विश्वकर्मा का अर्जुन को दिया गया गाण्डीव।
21. भगवान शिव का अर्जुन को दिया गया पशुपति अस्त्र।
22. दुर्योधन की माता गान्धरी का कर्ण को युद्ध के लिए विजयश्री का आशीर्वाद ना देना।

कर्ण की पांच गलतियां और वह मारा गया

इस बात से कोई इंकार नहीं कर सकता कि महाभारत के प्रसिद्ध योद्धा और अंतिम दिनों में कौरवों की सेना के सेनापति कर्ण अपने प्रतिद्वंदी अर्जुन से श्रेष्ठ धनुर्धर थे जिसकी तारीफ भगवान श्रीकृष्ण ने भी की। लेकिन कहते हैं कि कुसंगत का असर बहुत घातक होता है। बहुत कम लोग ही होते हैं जो कमल के समान होते हैं। इस कुसंगत के चलते ही कर्ण कई बार गलतियां करते गए। उनकी इन्हीं गलतियों ने कौरवों और पांडवों के युद्ध में उनको कमजोर बना दिया था।

महाभारत युद्ध में कर्ण सबसे शक्तिशाली योद्धा माने जाते हैं। कर्ण को किस तरह से काबू में रखा जाए, यह कृष्ण के लिए भी चिंता का विषय हो चला था। लेकिन कर्ण दानवीर, नैतिक और संयमशील व्यक्ति थे। ये तीनों ही बातों उनके विपरीत पड़ गईं। कैसे?

कर्ण के बारे में सभी जानते हैं कि वे सूर्य-कुंती पुत्र थे। उनके पालक माता-पिता का नाम अधिरथ और राधा था। उनके गुरु परशुराम और मित्र दुर्योधन थे। हस्तिनापुर में ही कर्ण का लालन-पालन हुआ। उन्होंने अंगदेश के राजसिंहासन

का भार संभाला था। जरासंध को हराने के कारण उनको चंपा नगरी का राजा बना दिया गया था।

ब्रह्मास्त्रः उस काल में द्रोणाचार्य, परशुराम और वेदव्यास को ही ब्रह्मास्त्र चलाना और किसी के द्वारा ब्रह्मास्त्र का प्रयोग किए जाने पर उसे असफल कर देना याद था। उन्होंने यह विद्या अपने कुछ खास शिष्यों को ही प्रदान की थी। उसमें भी किस तरह ब्रह्मास्त्र को असफल करना, यह कम ही शिष्यों को याद था।

जब द्रोणाचार्य ने कर्ण के सूत पुत्र होने को जानकर ब्रह्मास्त्र विद्या सिखाने से इंकार कर दिया, तब वे परशुराम के पास पहुंच गए। परशुराम ने प्रण लिया था कि वे इस विद्या को किसी ब्राह्मण को ही सिखाएंगे, क्योंकि इस विद्या के दुरुपयोग का खतरा बढ़ गया था। कर्ण यह सीखना चाहता था तो उसने परशुराम के पास पहुंचकर खुद को ब्राह्मण का पुत्र बताया और उनसे यह विद्या सीख ली। परशुराम ने ब्रह्मास्त्र के अलावा कर्ण को अन्य सभी अस्त्र-शस्त्रों की शिक्षा दी थी।

फिर एक दिन जंगल में कहीं जाते हुए परशुरामजी को थकान महसूस हुई, उन्होंने कर्ण से कहा कि वे थोड़ी देर सोना चाहते हैं। कर्ण ने उनका सिर अपनी गोद में रख लिया। परशुराम गहरी नींद में सो गए। तभी कहीं से एक कीड़ा आया और वह कर्ण की जांघ पर डंक मारने लगा। कर्ण की जांघ पर घाव हो गया। लेकिन परशुराम की नींद खुल जाने के भय से वह चुपचाप बैठा रहा, घाव से खून बहने लगा।

बहते खून ने जब परशुराम को छुआ तो उनकी नींद खुल गई। उन्होंने कर्ण से पूछा कि तुमने उस कीड़े को हटाया क्यों नहीं? कर्ण ने कहा कि आपकी नींद टूटने का डर था इसलिए। परशुराम ने कहा कि किसी ब्राह्मण में इतनी सहनशीलता नहीं हो सकती है। तुम जरूर कोई क्षत्रिय हो। सच-सच बताओ। तब कर्ण ने सच बता दिया। क्रोधित परशुराम ने कर्ण को उसी समय शाप दिया कि तुमने मुझसे जो भी विद्या सीखी है वह झूठ बोलकर सीखी है इसलिए जब भी तुम्हें इस विद्या की सबसे ज्यादा आवश्यकता होगी, तभी तुम इसे भूल जाओगे। कोई भी दिव्यास्त्र का उपयोग नहीं कर पाओगे। लेकिन अब सवाल यह उठता है कि यदि वह झूठ नहीं बोलता तो सच बताकर क्या परशुराम उसे विद्या सिखाते? नहीं सिखाते...। तब वे किससे सीखते? निश्चित ही यह भूल थी लेकिन भूल नहीं भी थी।

कवच और कुंडल : भगवान कृष्ण यह भली-भांति जानते थे कि जब तक कर्ण के पास उसका कवच और कुंडल है, तब तक उसे कोई नहीं मार सकता। ऐसे में अर्जुन की सुरक्षा की कोई गारंटी नहीं। उधर देवराज इन्द्र भी चिंतित थे, क्योंकि

अर्जुन उनका पुत्र था। भगवान कृष्ण और देवराज इन्द्र दोनों जानते थे कि जब तक कर्ण के पास पैदायशी कवच और कुंडल हैं, वह युद्ध में अजेय रहेगा।

तब कृष्ण ने देवराज इन्द्र को एक उपाय बताया और फिर देवराज इन्द्र एक ब्राह्मण के वेश में पहुंच गए कर्ण के द्वार। देवराज भी सभी के साथ लाइन में खड़े हो गए। कर्ण सभी को कुछ न कुछ दान देते जा रहे थे। बाद में जब देवराज का नंबर आया तो दानी कर्ण ने पूछा- विप्रवर, आज्ञा कीजिए! किस वस्तु की अभिलाषा लेकर आए हैं?

विप्र बने इन्द्र ने कहा, हे महाराज! मैं बहुत दूर से आपकी प्रसिद्धि सुनकर आया हूं। कहते हैं कि आप जैसा दानी तो इस धरा पर दूसरा कोई नहीं है। तो मुझे आशा ही नहीं विश्वास है कि मेरी इच्छित वस्तु तो मुझे अवश्य आप देंगे ही।‍ फिर भी मन में कोई शंका न रहे इसलिए आप संकल्प कर लें तब ही मैं आपसे मांगूंगा अन्यथा आप कहें तो मैं खाली हाथ चला जाता हूं?

तब ब्राह्मण के वेश में इन्द्र ने और भी विनम्रतापूर्वक कहा- नहीं-नहीं राजन! आपके प्राण की कामना हम नहीं करते। बस हमें इच्छित वस्तु मिल जाए, तो हमें आत्मशांति मिले। पहले आप प्रण कर लें तो ही मैं आपसे दान मांगू।

कर्ण ने तैश में आकर जल हाथ में लेकर कहा- हम प्रण करते हैं विप्रवर! अब तुरंत मांगिए। तब क्षद्म इन्द्र ने कहा- राजन! आपके शरीर के कवच और कुंडल हमें दानस्वरूप चाहिए। एक पल के लिए सन्नाटा छा गया। कर्ण ने इन्द्र की आंखों में झांका और फिर दानवीर कर्ण ने बिना एक क्षण भी गंवाएं अपने कवच और कुंडल अपने शरीर से खंजर की सहायता से अलग किए और ब्राह्मण को सौंप दिए।

इन्द्र ने तुरंत वहां से दौड़ ही लगा दी और दूर खड़े रथ पर सवार होकर भाग गए। इसलिए कि कहीं उनका राज खुलने के बाद कर्ण बदल न जाए। कुछ मील जाकर इन्द्र का रथ नीचे उतरकर भूमि में धंस गया। तभी आकाशवाणी हुई, श्देवराज इन्द्र, तुमने बड़ा पाप किया है। अपने पुत्र अर्जुन की जान बचाने के लिए तूने छलपूर्वक कर्ण की जान खतरे में डाल दी है। अब यह रथ यहीं धंसा रहेगा और तू भी यहीं धंस जाएगा।

तब इन्द्र ने आकाशवाणी से पूछा, इससे बचने का उपाय क्या है? तब आकाशवाणी ने कहा- अब तुम्हें दान दी गई वस्तु के बदले में बराबरी की कोई वस्तु देना होगी। इन्द्र क्या करते, उन्होंने यह मंजूर कर लिया। तब वे फिर से कर्ण के पास गए। लेकिन इस बार ब्राह्मण के वेश में नहीं। कर्ण ने उन्हें आता देखकर कहा- देवराज आदेश करिए और क्या चाहिए?

इन्द्र ने झेंपते हुए कहा, हे दानवीर कर्ण अब मैं याचक नहीं हूं बल्कि आपको कुछ देना चाहता हूं। कवच-कुंडल को छोड़कर मांग लीजिए, आपको जो कुछ भी मांगना हो।

कर्ण ने कहा- देवराज, मैंने आज तक कभी किसी से कुछ नही मांगा और न ही मुझे कुछ चाहिए। कर्ण सिर्फ दान देना जानता है, लेना नहीं।

तब इन्द्र ने विनम्रतापूर्वक कहा- महाराज कर्ण, आपको कुछ तो मांगना ही पड़ेगा अन्यथा मेरा रथ और मैं यहां से नहीं जा सकता हूं। आप कुछ मांगेंगे तो मुझ पर बड़ी कृपा होगी। आप जो भी मांगेंगे, मैं देने को तैयार हूं।

कर्ण ने कहा- देवराज, आप कितना ही प्रयत्न कीजिए लेकिन मैं सिर्फ दान देना जानता हूं, लेना नहीं। मैंने जीवन में कभी कोई दान नहीं लिया।

तब लाचार इन्द्र ने कहा- मैं यह वज्ररूपी शक्ति आपको बदले में देकर जा रहा हूं। तुम इसको जिसके ऊपर भी चला दोगे, वो बच नहीं पाएगा। भले ही साक्षात काल के ऊपर ही चला देना, लेकिन इसका प्रयोग सिर्फ एक बार ही कर पाओगे।

कर्ण कुछ कहते उसके पहले ही देवराज वह वज्र शक्ति वहां रखकर तुरंत भाग लिए। कर्ण के आवाज देने पर भी वे रुके नहीं। बाद में कर्ण को उस वज्र शक्ति को अपने पास मजबूरन रखना पड़ा। लेकिन जैसे ही दुर्योधन को मालूम पड़ा कि कर्ण ने अपने कवच-कुंडल दान में दे दिए हैं, तो दुर्योधन को तो चक्कर ही आ गए। उसको हस्तिनापुर का राज्य हाथ से जाता लगने लगा। लेकिन जब उसने सुना कि उसके बदले वज्र शक्ति मिल गई है तो फिर से उसकी जान में जान आई। अब इसे भी कर्ण की गलती नहीं मान सकते। यह उसकी मजबूरी थी। लेकिन उसने यहां गलती यह की कि वह इन्द्र से कुछ मांग ही लेता। नहीं मांगने की गलती तो गलती ही है। अरे, वज्र शक्ति को तीन बार प्रयोग करने की इच्छा ही व्यक्त कर देता।

सर्प और कर्ण : अब यह कथा कितनी सच है, इस पर तो शोध होना चाहिए, क्योंकि यह लोककथा पर आधारित है। माना जाता है कि युद्ध के दौरान कर्ण के तूणीर में कहीं से एक बहुत ही जहरीला सर्प आकर बैठ गया। तूणीर अर्थात् जहां तीर रखते हैं। यह पीछे पीठ पर बंधी होती है। कर्ण ने जब एक तीर निकालना चाहा तो तीर की जगह यह सर्प उनके हाथ में आ गया।

कर्ण ने पूछा, तुम कौन हो और यहां कहां से आ गए। तब सर्प ने कहा, हे दानवीर कर्ण, मैं अर्जुन से बदला लेने के लिए आपके तूणीर में जा बैठा था। कर्ण ने पूछा, क्यों? इस पर सर्प ने कहा, राजन! एक बार अर्जुन ने खांडव वन में आग

लगा दी थी। उस आग में मेरी माता जलकर मर गई थी, तभी से मेरे मन में अर्जुन के प्रति विद्रोह है। मैं उससे प्रतिशोध लेने का अवसर देख रहा था। वह अवसर मुझे आज मिला है। कुछ रुककर सर्प फिर बोला, आप मुझे तीर के स्थान पर चला दें। मैं सीधा अर्जुन को जाकर डस लूंगा और कुछ ही क्षणों में उसके प्राण-पखेरू उड़ जाएंगे।

सर्प की बात सुनकर कर्ण सहजता से बोले, हे सर्पराज, आप गलत कार्य कर रहे हैं। जब अर्जुन ने खांडव वन में आग लगाई होगी तो उनका उद्देश्य तुम्हारी माता को जलाना कभी न रहा होगा। ऐसे में मैं अर्जुन को दोषी नहीं मानता। दूसरा अनैतिक तरह से विजय प्राप्त करना मेरे संस्कारों में नहीं है इसलिए आप वापस लौट जाएं और अर्जुन को कोई नुकसान न पहुंचाएं। सर्प वहां से उड़ गया और कर्ण को अपने प्राण गंवाने पड़े।

ब्राह्मण का शाप : परशुरामजी के आश्रम से शिक्षा ग्रहण करने के बाद कर्ण वन में भटक रहे थे। इस दौरान वे शब्दभेदी विद्या सीख रहे थे। एक दिन जब वे इस विद्या का अभ्यास कर रहे थे तब उन्होंने एक गाय के बछड़े को अन्य वन्य पशु समझकर शब्दभेदी बाण चला दिया और उस बाण से बछड़ा मारा गया।

तब उस गाय-बछड़े के स्वामी ब्राह्मण ने कर्ण को शाप दे दिया कि जिस प्रकार उसने एक असहाय बछड़े को मारा है, वैसे ही एक दिन वह भी तब मारा जाएगा जबकि वह खुद को असहाय महसूस करेगा और जब उसका सारा ध्यान अपने शत्रु से कहीं अलग किसी और काम पर होगा। हुआ भी यही था कि जब कर्ण का अर्जुन से घोर युद्ध चल रहा था तब उसके रथ का पहिया बार-बार भूमि में धंस जाता था और वह उसे निकालकर फिर से युद्ध करने लगता था। ऐसे समय में जब फिर से उसके रथ का पहिया भूमि में धंस गया तब वह फिर से उसे निकालने लगा और उसे उस समय घबराहट भी हो रही थी व उसका सारा ध्यान युद्ध के अलावा पहिए पर चला गया था। वह खुद को असहाय महसूस कर रहा था। ऐसे मौके का लाभ उठाकर अर्जुन ने कर्ण को मार दिया।

कुंती को दिया वचन : एक बार कुंती कर्ण के पास गई और उससे पांडवों की ओर से लड़ने का आग्रह करने लगी। कर्ण को मालूम था कि कुंती मेरी मां है। कुंती के लाख समझाने पर भी कर्ण नहीं माने और कहा कि जिनके साथ मैंने अब तक का अपना सारा जीवन बिताया उसके साथ मैं विश्वासघात नहीं कर सकता। तब कुंती ने कहा कि क्या तुम अपने भाइयों को मारोगे? इस पर कर्ण ने बड़ी ही दुविधा की स्थिति में वचन दिया, माते, तुम जानती हो कि कर्ण के यहां याचक

बनकर आया कोई भी खाली हाथ नहीं जाता अतः मैं तुम्हें वचन देता हूं कि अर्जुन को छोड़कर मैं अपने अन्य भाइयों पर शस्त्र नहीं उठाऊंगा।

कर्ण की मृत्यु के पश्चात

जैसे ही अर्जुन ने कर्ण को मारा श्रीकृष्ण और नकुल व सहदेव ने हर्ष से भरकर शंख बजाए। सोमकों ने सेना सहित सिंहनाद किया। दूसरे योद्धाओं ने भी बहुत प्रसन्न होकर बाजा बजाना आरंभ कर दिया। कितने ही राजा आकर अर्जुन को गले लगाकर नाचने लगे। कर्ण के शरीर को खून से लथपथ हो पृथ्वी पर पड़ा देख राजा शल्य उस टूटी हुई ध्वजा वाले रथ के द्वारा ही वहां से भाग गए। कर्ण की मृत्यु का समाचार सुनकर दुर्योधन के आंखों में आंसू भर आए। वह बारंबार उच्छवास करने लगा। दोनों पक्ष के लोग कर्ण की लाश देखने के लिए उसे घेरकर खड़े हो गए। कोई प्रसन्न्झ था, कोई भयभीत।

किसी के चेहरे पर विषाद की छाया थी तो कोई आश्चर्य में डूबा हुआ था। सारांश यह कि जिनकी जैसी प्रकृति थी वे उसी प्रकार हर्ष या शोक में मग्र हो गए। कर्ण के मरने पर भीम ने भयंकर सिंहनाद किया पूरा आकाश कांप गया। वे धृतराष्ट्र के पुत्रों को डराते हुए ताल ठोक कर नाचने लगे। उस समय शल्य दुर्योधन के पास पहुंचे और आंसू बहाते हुए बोले तुम्हारी सेना नष्ट- भ्रष्ट हो गई। मानों उनके ऊपर यमराज का आधिपत्य हो। आज कर्ण और अर्जुन ने जैसा युद्ध किया था। वैसा पहले कभी नहीं हुआ था।

कर्ण ने सभी को अपने काबू में कर लिया था लेकिन फिर भी वह मारा गया। निश्चय ही दैव पांडवों के अधीन होकर काम कर रहे हैं। यही कारण है कि तुम्हारी सेना के वीर बलपूर्वक शत्रु सेना द्वारा मारे गए। मद्रराज की ये बातें सुनकर और मन-ही-मन अपने अन्यायों का भी स्मरण करके दुर्योधन बहुत उदास हो गया। उसकी बुद्धि कुछ काम नहीं दे रही थी। वह मन-ही-मन अर्जुन को मारने का प्रण कर युद्ध करने लगा। इस प्रकार जब कर्ण को मारा गया और कौरव सेना भागने लगी तो कृष्ण ने अर्जुन को गले लगा लिया। धर्मराज भी कर्ण के वध का समाचार सुनकर बहुत प्रसन्न हुए।

युद्ध समाप्ति के पश्चात्, मृतक लोगों के लिए अन्त्येष्टी संस्कार किए जा रहे थे। तब माता कुन्ती ने अपने पुत्रों से निवेदन किया की वे कर्ण के लिए भी सारे मृतक संस्कारों को करें। जब उन्होंने यह कहकर इसका विरोध किया की कर्ण एक सूद पुत्र है, तब कुन्ती ने कर्ण के जन्म का रहस्य खोला। तब सभी पाण्डव

भाईयों को भ्रातृहत्या के पाप के कारण झटका लगता है। युधिष्ठिर विशेष रूप से अपनी माता पर रुष्ट होते हैं और उन्हें और समस्त नारी जाती को ये श्राप देते हैं की उस समय के बाद से स्त्रियाँ किसी भी भेद को छुपा नहीं पाएंगी।

युधिष्ठिर और दुर्योधन, दोनों कर्ण का अन्तिम संस्कार करना चाहते थे। युधिष्ठिर का दावा यह था की चूँकि वे कर्ण के कनिष्ट भ्राता हैं इसलिए यह अधिकार उनका है। दुर्योधन का दावा यह था कि युधिष्ठिर और अन्य पाण्डवों ने कर्ण के साथ कभी भी भ्रातृवत् व्यवहार नहीं किया इसलिए अब इस समय इस अधिकार को जताने का कोई औचित्य नहीं है। तब श्रीकृष्ण मध्यस्थता करतें है और युधिष्ठिर को यह समझाते हैं की दुर्योधन की मित्रता का बन्धन अधिक सुदृढ़ है इसलिए दुर्योधन को कर्ण का अन्तिम संस्कार करने दिया जाए।

जब 18-दिन का युद्ध समाप्त हो जाता है, तो श्रीकृष्ण, अर्जुन को उसके रथ से नीचे उतर जाने के लिए कहते हैं। जब अर्जुन उतर जाता है तो वे उसे कुछ दूरी पर ले जाते हैं। तब वे हनुमानजी को रथ के ध्वज से उतर आने का संकेत करते हैं। जैसे ही श्री हनुमान उस रथ से उतरते हैं, अर्जुन के रथ के अश्व जीवित ही जल जाते हैं और रथ में विस्फोट हो जाता है। यह देखकर अर्जुन दहल उठता है। तब श्रीकृष्ण उसे बताते हैं की पितामह भीष्म, गुरु द्रोण, कर्ण और अश्वत्थामा के धातक अस्त्रों के कारण अर्जुन के रथ में यह विस्फोट हुआ है। यह अब तक इसलिए सुरक्षित था क्योंकि उस पर स्वयं उनकी कृपा थी और श्री हनुमान की शक्ति थी जो रथ अब तक इन विनाशकारी अस्त्रों के प्रभाव को सहन किए हुए था।

5

कर्ण महाभारत का एक उपेक्षित पात्र था

भाग-1

माता कुन्ती पांडु की पत्नी और तीन पाण्डवों की माँ थी। युधिष्ठर, भीम, और अर्जुन कुंती के पुत्र थे तो नकुल और सहदेव माद्री के। किन्तु राजा पंडु और रानी माद्री के इहलोक से चल बसने के पश्चात् पांचो पाण्डव माता कुन्ती को ही माता मानने लगे थे और इसके चलते वे सब कुन्तीपुत्र ही कहलाये।

लेकिन कुंती का और एक बेटा था। बचपन में कुमारिका कुन्ती की अनन्य साधारण साधना को देखते हुए एक ऋषि ने उसे विशेष शक्ति प्रदान की थी। उस ऋषि ने कुंती को ऐसा मंत्र दिया था जिसके उच्चारण से कोई भी देवता को कुंती प्रसन्न कर सकती थी। कुमारिका अवस्था में शादी के पहले एक बार कुंती को मंत्र के शक्ति का प्रभाव जानने की इच्छा हुई। सो उसने एक मंत्र उच्चारण कर सूर्यदेव का आवाहन किया। तेजस्वी भास्कर पुरुष रूप धारण कर कुंती के सानिध्य में आए और समयानुसार कुंती को एक अतितेजस्वी बालक हुआ। यही कर्ण के नाम से प्रसिद्ध हुआ। जन्म से ही इस बालक के शरीर पर तेजोमय कवच और कान में कुण्डल थे। सूर्यदेव की इस भेंट से कर्ण हर मुसीबत में या हर हालात में अजेय था।

कुमारिका अवस्था में शादी के पूर्व माँ बनना भारतीय संस्कृति में बहुत अपमानजन्य और हीन माना जाता है। सो कुंती ने नवजात बालक कर्ण को एक

लकड़ी के बक्से में रखकर नदी के प्रवाह में छोड़ दिया। संयोगवश एक सूत युगल को यह बक्सा मिला और उसमें नवजात बालक को पाकर उन्हें बेहद खुशी हुई। उन्होंने कर्ण को अपना बेटा मानकर उसका अच्छा लालन-पालन किया। इस कारण कर्ण सूतपुत्र कहलाया। माता का नाम राधा होने से कर्ण राधेय के नाम से भी जाना जाता है।

माँ-बाप के प्यार में पलते-पलते कर्ण ने किशोर अवस्था में प्रवेश किया। अब उसे ज्ञानार्जन के लिये किसी गुरु के पास जाना अनिवार्य था। सो यह बुद्धिमान, स्वाभिमानी, पराक्रमी कर्ण परशुराम के आश्रम पहुंच गया। परशुराम एक महान ऋषि और गुरु थे। किंतु सर्वविद्यापारंगत परशुराम की एक शर्त होती थी। वे केवल ब्राह्मण युवक को ही शिष्य के रूप में स्वीकारते। सो कर्ण ने बखूबी अपने आप को ब्राह्मण के वेश में बदल लिया और परशुराम का शिष्य बन गया।

एक दिन गुरुदेव शिष्य कर्ण की गोद में लेटे लेटे नींद की झपकी ले रहे थे। तब एक बड़ा सा भृंग कर्ण की जांघ पर बैठ उसे काटने लगा। क्षत्रिय वीर कर्ण ने उस दर्द की परवाह न करते हुए जरा भी हलचल नहीं की। वह गुरुदेव की नींद में खलल नहीं डालना चाहता था। भृंग कीड़ा कर्ण की जांघ में अधिकाधिक छेद करता चला गया और वहाँ से खून बहने लगा। इस खून की गरम धारा ने जब परशुराम के बदन से स्पर्श किया तो वे जाग गये और उनको इस स्थिति का भान हुआ। वे अचंभे में पड़ गये कि कैसे एक ब्राह्मण बालक इस असाधारण पीड़ा को सहन कर सकता है। उन्हें शक हुआ कि हो न हो यह बालक ब्राह्मण जाति नहीं हो सकता।

सो उन्होंने कर्ण से सत्यवचन कहने को कहा "क्या तुम सचमुच ब्राह्मण हो।" अब कर्ण के लिये गुरुदेव से झूठ बोलना सम्भव न था तथा उसने अपनी सही पहचान दी कि वह मात्र एक सूतपुत्र है। इसपर क्रोधित होकर परशुराम ने कर्ण को श्राप दिया कि - हे ! शूरवीर कर्ण मैं तेरी तपस्या, गुरुप्रेम, और बहादुरी की प्रशंसा तो करता हूँ लेकिन तेरे असत्य वचन के चलते श्राप भी देता हूँ कि - युद्धभूमि में तुझपर संकट आएगा और तेरी मौत का वही कारण होगा।

सर्वविद्याधारक और विशेषता धर्नुविद्या में पारंगत कर्ण गुरुदेव को प्रणाम करता कुछ मायूस होकर आश्रम से निकल पडा।

भाग-2

परशुराम के आश्रम से निकल कर कर्ण हस्तिनापुर पहुंचा। इधर पांडव और कौरव भी गुरु द्रोणाचार्य से शिक्षा संपन्न कर हस्तिनापुर में अपनी कला-कौशल का

प्रदर्शन करने पहुंचे थे। उन दिनों हस्तिनापुर में कौरवों और पांडवों का युद्धाभ्यास चल रहा था। एक भव्य मेला भी लगा था जिसमें अनेक कौरव और पांडव अपनी अस्त्रशस्त्र कुशलता प्रदर्शित करते हुए जनसामान्य का मनोरंजन कर रहे थे। यह प्रतिस्पर्द्धा कला-प्रदर्शन के साथ-साथ मन का निश्चय और विश्वास बढाने में मददगार होती थी।

आज अर्जुन अपनी धनुर्विद्या का प्रदर्शन कर रहा था। आकाश में बाण चलाकर बादलों को छेदना और वर्षा बरसाना अग्निअस्त्र की सहायता से अग्नि प्रज्वलित करना आदि अनेक प्रकार की अस्त्रसिद्धी से अर्जुन की ख्याति दूर-दूर तक फैल चुकी थी। आज इसका प्रत्यक्ष प्रमाण वह हस्तिनापुर के जनसमुदाय के समक्ष दे रहा था।

आचार्य द्रोण, कृपाचार्य, भीष्म, धृतराष्ट्र, माता गांधारी और कुंती आदि वरिष्ठजन भी मौजूद थे। उस अर्जुनमय प्रशंसा के वातावरण में केवल एक दुर्योधन ही नाराज दिखाई दे रहा था। उसका मन द्वेष और मत्सर से भर गया था और वह चाहता था कि कोई अर्जुन की सफलता को ललकारे और उसे ध्वंस कर दे।

इस माहौल में कर्ण का वहाँआगमन हुआ था। उसने देखा कि अर्जुन की विद्या साधारण है। वह खुद इससे अधिक अस्त्रशस्त्र और धनुर्विद्या जानता था। सो उससे रहा नहीं गया और उसने अर्जुन को ललकार कर कहा “हे पांडव-श्रेष्ठ अर्जुन तुम्हारी कला का मैं आदर करता हूँ, किंतु यदि तुम मुझसे स्पर्धा करने को तैयार हो तो मै अवश्य ही तुम्हे पराजित कर सकता हूँ। क्या तुम मुझसे धनुर्विद्या में प्रतिस्पर्द्धा करोगे।”

इस अचानक ललकार से कुछ देर अर्जुन स्तंभित हो गया किन्तु संभल कर तुरन्त ही बोला “हे वीर मैं नहीं जानता कि तुम कौन हो और कहाँ से आए हो। उचित होगा यदि तुम कृपाचार्य से और मेरे गुरुजनों से इस विषय में बात करें।”

कुंती ने कवचकुण्डलधारी युवा कर्ण को देखते ही पहचान लिया कि वह उसका अपना बेटा कर्ण ही है। लेकिन अब वह यह भेद किसी को कैसे बताती। इस असाधारण घटना से उसे मूर्च्छा आ गई। उसे तुरन्त ही राजमहल ले जाया गया।

कृपाचार्य और द्रोणाचार्य जान गये कि यह युवक कोई साधारण योद्धा नहीं है। उन्होंने कर्ण का नाम पूछा और जानना चाहा कि वह किस राज्य का राजा या राजपुत्र है। उसके माता-पिता का नाम क्या है।

अब कर्ण दुविधा में पड़ गये। यदि वह कहता कि वह एक सुतपुत्र है तो उसकी और उसके माता-पिता की हंसी होती। सो उसने चुप्पी साधे रखना ही उचित समझा। इधर दुर्योधन भी कर्ण के व्यक्तित्व से प्रभावित हो गया था। परिस्थिति को समझते हुए वह जान गया कि यदि कोई अर्जुन से दो हाथ करने में समर्थ है तो वह केवल कर्ण ही है। इसलिये समय सूचकता और दूरदृष्टि से प्रेरित दुर्योधन उठ खडा हुआ और उसने सभा को संबोधित करते हुए घोषणा की "हे गुरुजनो, हे पांडवो, हे हस्तिनापुरनिवासी भाईयों सुनो मैं अपने मित्र कर्ण को अंग राज्य दान में देता हूँ और उसका अंगराज के रूप में राज्याभिषेक करता हूँ। सो इसके पश्चात् भविष्य में यह कोई भी न पूछे कि कर्ण कौन है। वह अंगराज है और मेरा परममित्र है।

इस तरह दुर्योधन ने कर्ण को लज्जा और अपमान से उबार लिया। अब कर्ण के सामने दुर्योधन का मैत्री का हाथ स्वीकार करने के सिवाय कोई विकल्प नहीं था। उसने निश्चय कर लिया कि चाहे दुनिया इधर की उधर हो जाये फिर भी वह दुर्योधन का साथ नहीं छोड़ेगा। कर्ण बाद में जान जाता है कि वह कुंती का पुत्र और पांडवो का भाई है फिर भी यह दुर्योधन से मित्रत्व की शपथ आगे कर्ण को कैसे मुश्किल में डालती है।

भाग-3

द्यूत में हारकर पांडव 13 वर्ष का अरण्यवास भुगत चुके थे। वापस आकर उन्होंने धृतराष्ट्र और दुर्योधन से आधा राज्य देने की मांग की। इस न्यायसंगत मांग को लोभी दुर्योधन ने ठुकरा दिया। दुर्योधन के इस अन्यायपूर्ण व्यवहार से हस्तिनापुर का भविष्य खतरे में पड़ जायेगा इसका ज्ञान श्रीकृष्ण को था। सो एक दूत की हैसियत से वह हस्तिनापुर पहुंचे। उन्होंने धृतराष्ट्र, भीष्म, विदुर, द्रोण के समक्ष अपनी दलील पेश की और कहा आधा राज्य न सही कम-से-कम पांच भाईयों को पांच गाँव दे देने चाहिये। किन्तु दुर्योधन इसके लिये भी तैयार नहीं था। इस पर श्रीकृष्ण ने कौरवों को युद्ध के खतरे से आगाह किया और सर्वनाश से बचने की सीख दी। लेकिन पांच गाँव तो क्या सूई की नोंक पर आये इतनी जमीन भी मैं पांडवों को नहीं दूंगा ऐसा कहकर दुर्योधन ने महाभारत के युद्ध को जैसे आमंत्रण दे डाला।

दोनों ओर रणनीति दावपेंच और युद्ध की तैयारी होने लगी। कर्ण ने अर्जुन को युद्ध में परास्त करने की कसम खा रखी थी और दुर्योधन जानता था कि केवल

कर्ण ही अर्जुन को मात देने में सक्षम था। केवल दुर्योधन ही नहीं बल्कि माता कुंती और श्रीकृष्ण भी जानते थे कि अर्जुन कर्ण के साथ युद्ध में परास्त हो सकता है। इस विचार से कर्ण को पांडवों के खेमे में लाने के अनेक प्रयास हुए। यहां तक कि कर्ण को युद्ध के पश्चात् हस्तिनापुर की राजगद्दी देने का आश्वासन भी दिया गया।

माता कुन्ती की मनःस्थिति सबसे भिन्न और मुश्किल थी। अर्जुन से जहां वह प्यार करती थी, वहीं कर्ण भी तो उसका बेटा था। वह तो दोनों को सलामत देखना चाहती थी। इस भयानक विपदा का हल ढूंढने एक दिन कुंती चुपके से कर्ण को मिलने गई। उसने कर्ण को बताया कि वह उसका ही पुत्र है, और कौन सी स्थिति में मजबूर माँ को अपने बेटे का त्याग करना पडा था। इस अनपेक्षित कटु सत्य के उजागर होने से कर्ण भी धर्म संकट में पड़ गया।

कर्ण के मनपटल पर अनेक दृश्य उभर कर सामने आए। हस्तिनापुर की स्पर्द्धा में कुंती का मूर्च्छित हो जाना, एक माता होने के बावजूद अपने बेटे को अपमानित होते देखना, एक बेटे को माँ की ममता से वंचित रखना आदि अनेक प्रसंग कर्ण के मनोचक्षु के सामने उभर आए। अब माता को दोष दें या प्यार करें इस द्विविधा में कर्ण फंस गया। माता तो माता है चाहे उसे मजबूरी की वजह से कुछ कठोर कदम क्यों न उठाने पड़े हों।

दूसरी ओर दुर्योधन को दिये मित्रता के वचन का क्या होगा इस बात का कर्ण को भान हुआ। उस दुर्योधन ने कर्ण को ऐसे अपमान और लज्जा से बचाया था जिसकी कीमत केवल उसके लिये मर मिटने से ही चुकाई जा सकती थी। सो कौरवों का साथ छोड़ अब भाई पांडवो को जा मिलना कर्ण के लिये अशक्यप्रायः हो गया था। अतः माता को प्रणाम करता हुआ कर्ण बोला "हे माते! मेरा प्रणाम स्वीकार करो। मैं दुर्योधन के पक्ष में रहकर ही युद्ध करूंगा। इसके अलावा मेरे पास अन्य कोई चारा नहीं किन्तु एक बात अवश्य कहता हूँ कि, युद्ध के पश्चात् भी तू पांच पुत्रों की माँ बनी रहेगी।"

उन्ही दिनों एक और असाधारण घटना घटी। कुन्ती ने इन्द्रदेव का आव्हान कर अर्जुन को प्राप्त किया था। इसके चलते स्वर्गराज इन्द्र अर्जुन के पिता हुए। कर्ण की शक्ति को हरने की उन्होंने एक तरकीब ढूंढ निकाली। ब्राह्मण का वेश धारण कर इंद्र कर्ण के सम्मुख कुछ दान पाने की अपेक्षा से मुखातिब हुए। यह सर्वमान्य था कि कर्ण के जैसा दानवीर इस दुनिया में न कभी था, न ही कभी होगा।

उसकी दानवीरता के किस्से गांव-गांव, दूर-दूर तक बखान किये जाते थे। सो इंद्र को पूरा विश्वास था कि वह कर्ण से जो भी माँगेगा वह दानी पुरुष अवश्य ही उसे दे देगा। इंद्र ने ही ब्राह्मण का भेष धारण किया है, यह बात कर्ण जान गया था, किन्तु अपने उदात्त स्वभावानुसार उसने याचक का आदर किया और कहा "हे द्विजवर इस प्रातःकाल के प्रहर में कोई कुछ भी मांगे तो, मैं नियमानुसार याचक की इच्छा पूर्ण करता हूँ। सो हे ब्राह्मण आप बेहिचक मुझे बतायें किस दान के इच्छुक हैं, मैं आपकी इच्छा पूर्ण करने का हर सम्भव प्रयास करूंगा।"

सूर्यदेव ने प्रदान किये कवचकुंडल ने कर्ण को अजेय बना दिया था यह सत्य इंद्रदेव जानते थे। आज कर्ण को निर्बल करने का अवसर इंद्र खोना नहीं चाहते थे और उसके चलते इंद्र ने कर्ण से उन कवचकुंडलो को ही दान में मांगा। अपना भविष्य साफ असुरक्षित देखकर भी जरा भी विचलित न होते कर्ण ने ब्राह्मण वेशधारी इंद्र की याचना पूरी की। कवचकुंडल के अभाव में अब कर्ण कमजोर हो गया और उसका युद्ध में अर्जुन के हाथों हारना भी निश्चित हो गया।?

अंतिम समय

युद्ध शुरू हुआ। भीष्म पितामह के धाराशायी हो जाने के पश्चात् कर्ण ने कौरवों के सेना की बागडोर संभाली। उसने अर्जुन को मारने की कसम ले रखी थी। दोनों का आमना-सामना हुआ। श्रीकृष्ण अर्जुन के सारथी थे। उन्होंने बखूबी अर्जुन को कर्ण के बाणों से बचाये रखा। तब एक अजीब घटना घटी। गुरु परशुराम के श्राप के परिणामस्वरूप कर्ण के रथ का एक पहिया धरती में धंस गया। रथ का हिलना चलना रुक गया और रथ एक ओर झुक गया।

कर्ण ने अर्जुन से विनती की कि हे अर्जुन, जरा रुको। मुझे इस पहिये को जमीन से निकाल लेने दो इसके बाद बाण चलाना। अर्जुन भी एक योद्धा था और जानता था कि निहत्थे पर वार करना युद्धनीति के खिलाफ है सो उसने अपना गाण्डीव नीचे रख दिया। तब श्रीकृष्ण ने उसे याद दिलाया कि कैसे कर्ण द्रौपदी के वस्त्रहरण के समय चुप्पी साधे रहा था। कर्ण ने हर समय अनाचारी कौरवों का ही साथ दिया है। उसके प्रति दयाभाव जताना एक भूल ही होगी। और तो और निहत्थे अभिमन्यु पर वार होते देख क्या कर्ण को नीतिमत्ता का भान नहीं हुआ। हे अर्जुन इस स्थिति में तेरा कर्ण पर बाण चलाना अधर्मकारी नहीं कहलायेगा। सो हे अर्जुन चला बाण।

इस तरह शूरवीर दानी निर्भय कुंतीपुत्र कर्ण का अन्त हुआ। कर्ण की यह मौत ऊपरी सतह पर एक छल दिखाई देती है। किन्तु यदि पूरे परिप्रेक्ष्य में देखा जाए तो एक बात साफ होती है कि अधर्म का साथ देनेवाले हर धार्मिक व्यक्ति का यही अंजाम होता है।

भीष्म पितामह आचार्य द्रोण कृपाचार्य आदि सब युद्ध में मारे गये। वे सब धर्म का पालन करनेवाले थे, ज्येष्ठ थे लेकिन उन्होंने धृतराष्ट्र और दुर्योधन के अन्यायी व्यवहार की आलोचना नहीं की और किसी ने की भी तो वे चुप्पी थामे रहे। यह भी अधर्म में साथ देने से कम नहीं था। इस कारण उनका भी युद्ध में मारा जाना स्वाभाविक और धर्मानुसार था। कर्ण भी इसका अपवाद नहीं था।

कर्ण के मृत्यु के पश्चात् स्वयं श्रीकृष्ण ने उसके दानवीरता, शूरता विद्याकौशल की तारीफ की और अपने हाथों से उसका अंतिम संस्कार किया। इस तरह महाभारत का एक अनूठा अनोखा और विवादास्पद कर्ण का पात्र हमें हर हमेशा याद रहेगा।

कर्ण को मिले विविध श्राप

कर्ण को उसके गुरु परशुराम और धरती माता से श्राप मिला था। इसके अतिरिक्त भी कर्ण को बहुत से श्राप मिले थे।

कर्ण की शिक्षा अपने अन्तिम चरण पर थी। एक दोपहर की बात है, गुरु परशुराम कर्ण की जंघा पर सिर रखकर विश्राम कर रहे थे। कुछ देर बाद कहीं से एक बिच्छू आया और उसकी दूसरी जंघा पर काट कर घाव बनाने लगा। गुरु का विश्राम भंग ना हो इसलिए कर्ण बिच्छू को दूर ना हटाकर उसके डंक को सहता रहा। कुछ देर में गुरुजी की निद्रा टूटी और उन्होनें देखा की कर्ण की जांघ से बहुत रक्त बह रहा है। उन्होंने कहा कि केवल किसी क्षत्रिय में ही इतनी सहनशीलता हो सकती है कि वह बिच्छु डंक को सह ले, ना कि किसी ब्राह्मण में और परशुरामजी ने उसे मिथ्या भाषण के कारण श्राप दिया कि जब भी कर्ण को उनकी दी हुई शिक्षा की सर्वाधिक आवश्यकता होगी, उस दिन वह उसके काम नहीं आएगी।

कर्ण, जो कि स्वयं यह नहीं जानता था कि वह किस वंश से है, ने अपने गुरु से क्षमा माँगी और कहा कि उसके स्थान पर यदि कोई और शिष्य भी होता तो वो भी यही करता। यद्यपि कर्ण को क्रोधवश श्राप देने पर उन्हें ग्लानि हुई पर वे अपना श्राप वापस नहीं ले सकते थे। तब उन्होनें कर्ण को अपना विजय नामक

धनुष प्रदान किया और उसे ये आशीर्वाद दिया कि उसे वह वस्तु मिलेगी जिसे वह सर्वाधिक चाहता है - अमिट प्रसिद्धि। कुछ लोककथाओं में माना जाता है कि बिच्छू के रूप में स्वयं इन्द्र थे, जो उसकी वास्तविक क्षत्रिय पहचान को उजागर करना चाहते थे।

परशुरामजी के आश्रम से जाने के पश्चात्, कर्ण कुछ समय तक भटकता रहा। इस दौरान वह शब्दभेदी विद्या सीख रहा था। अभ्यास के दौरान उसने एक गाय के बछड़े को कोई वनीय पशु समझ लिया और उस पर शब्दभेदी बाण चला दिया और बछड़ा मारा गया।

तब उस गाय के स्वामी ब्राह्मण ने कर्ण को श्राप दिया कि जिस प्रकार उसने एक असहाय पशु को मारा है, वैसे ही एक दिन वह भी मारा जाएगा जब वह सबसे अधिक असहाय होगा और जब उसका सारा ध्यान अपने शत्रु से कहीं अलग किसी और काम पर होगा।

आन्ध्र की लोक कथाओं के अनुसार एक बार कर्ण कहीं जा रहा था, तब रास्ते में उसे एक कन्या मिली जो अपने घड़े से घी के बिखर जाने के कारण रो रही थी। जब कर्ण ने उसके सन्त्रास का कारण जानना चाहा तो उसने बताया कि उसे भय है कि उसकी सौतेली माँ उसकी इस असावधानी पर रुष्ट होंगी। कृपालु कर्ण ने तब उससे कहा कि बह उसे नया घी लाकर देगा। तब कन्या ने आग्रह किया कि उसे वही मिट्टी में मिला हुआ घी ही चाहिए और उसने नया घी लेने से मना कर दिया। तब कन्या पर दया करते हुए कर्ण ने घी युक्त मिट्टी को अपनी मुठ्ठी में लिया और निचोड़ने लगा ताकि मिट्टी से घी निचुड़कर घड़े में गिर जाए। इस प्रक्रिया के दौरान उसने अपने हाथ से एक महिला की पीड़ायुक्त ध्वनि सुनी। जब उसने अपनी मुठ्ठी खोली तो धरती माता को पाया। पीड़ा से क्रोधित धरती माता ने कर्ण की आलोचना की और कहा कि उसने एक बच्ची के घी के लिए उन्हें इतनी पीड़ा दी। और तब धरती माता ने कर्ण को श्राप दिया कि एक दिन उसके जीवन के किसी निर्णायक युद्ध में वह भी उसके रथ के पहिए को वैसे ही पकड़ लेंगी जैसे उसने उन्हें अपनी मुट्ठी में पकड़ा है, जिससे वह उस युद्ध में अपने शत्रु के सामने असुरक्षित हो जाएगा।

इस प्रकार, कर्ण को तीन पृथक अवसरों पर तीन श्राप मिले। दुर्भाग्य से ये तीनों ही श्राप कुरुक्षेत्र के निर्णायक युद्ध में फलीभूत हुए, जब वह युद्ध में अस्त्र विहीन, रथ विहीन और असहाय हो गया था।

इसके अलावा कर्ण ने अपने मित्र दुर्योधन के साथ रहकर कई अधर्म कृत्य किए जो कुरुक्षेत्र के निर्णायक युद्ध में असहाय और अस्त्र विहीन होने की वजह बन गए।

जब महाराज युधिष्ठिर इंद्रप्रस्थ पर राज्य करते थे। वे काफी दान आदि भी करते थे। धीरे-धीरे उनकी प्रसिद्धि दानवीर के रूप में फैलने लगी और पांडवों को इसका अभिमान होने लगा। एक बार कृष्ण इंद्रप्रस्थ पहुंचे। भीम व अर्जुन ने युधिष्ठिर की प्रशंसा शुरू की कि वे कितने बड़े दानी हैं।

तब कृष्ण ने उन्हें बीच में ही टोक दिया और कहा- हमने कर्ण जैसा दानवीर और नहीं सुना। पांडवों को यह बात पसंद नहीं आई। भीम ने पूछ ही लिया, कैसे? कृष्ण ने कहा कि समय आने पर बतलाऊंगा।

कुछ ही दिनों में सावन का माह शुरू हो गया और वर्षा की झड़ी लग गई। उस समय एक याचक युधिष्ठिर के पास आया और बोला, महाराज! मैं आपके राज्य में रहने वाला एक ब्राह्मण हूं और मेरा व्रत है कि बिना हवन किए कुछ भी नहीं खाता-पीता। कई दिनों से मेरे पास यज्ञ के लिए चंदन की लकड़ी नहीं है। यदि आपके पास हो तो, मुझ पर कृपा करें, अन्यथा हवन तो पूरा नहीं ही होगा, मैं भी भूखा-प्यासा मर जाऊंगा।

युधिष्ठिर ने तुरंत कोषागार के कर्मचारी को बुलवाया और कोष से चंदन की लकड़ी देने का आदेश दिया। संयोग से कोषागार में सूखी लकड़ी नहीं थी। तब महाराज ने भीम व अर्जुन को चंदन की लकड़ी का प्रबंध करने का आदेश दिया। लेकिन काफी दौड़- धूप के बाद भी सूखी लकड़ी की व्यवस्था नहीं हो पाई। तब ब्राह्मण को हताश होते देख कृष्ण ने कहा, मेरे अनुमान से एक स्थान पर आपको लकड़ी मिल सकती है, आइए मेरे साथ।?

ब्राह्मण की आखों में चमक आ गई। भगवान ने अर्जुन व भीम को भी इशारा किया, वेश बदलकर वे भी ब्राह्मण के संग लिए। कृष्ण सबको लेकर कर्ण के महल में गए। सभी ब्राह्मणों के वेश में थे, इसलिए कर्ण ने उन्हें पहचाना नहीं। याचक ब्राह्मण ने जाकर लकड़ी की अपनी वही मांग दोहराई। कर्ण ने भी अपने भंडार के मुखिया को बुलवा कर सूखी लकड़ी देने के लिए कहा, वहां भी वही उत्तर प्राप्त हुआ।

ब्राह्मण निराश हो गया। अर्जुन-भीम प्रश्न-सूचक निगाहों से भगवान को ताकने लगे। लेकिन वे अपनी चिर-परिचित मुस्कान लिए बैठे रहे। तभी कर्ण ने

कहा, हे देवता! आप निराश न हों, एक उपाय है मेरे पास। उसने अपने महल के खिड़की-दरवाजों में लगी चंदन की लकड़ी काट-काट कर ढेर लगा दी, फिर ब्राह्मण से कहा, आपको जितनी लकड़ी चाहिए, कृपया ले जाइए। कर्ण ने लकड़ी पहुंचाने के लिए ब्राह्मण के साथ अपना सेवक भी भेज दिया।

ब्राह्मण लकड़ी लेकर कर्ण को आशीर्वाद देता हुआ लौट गया। पांडव व श्रीकृष्ण भी लौट आए। वापस आकर भगवान ने कहा, साधारण अवस्था में दान देना कोई विशेषता नहीं है, असाधारण परिस्थिति में किसी के लिए अपने सर्वस्व को त्याग देने का ही नाम दान है। अन्यथा चंदन की लकड़ी के खिड़की-द्वार तो आपके महल में भी थे।

विविध श्रापों के प्रभाव

कर्ण को मिले विविध श्रापों का प्रभाव इस प्रकार हुआ।

दो ब्रह्मास्त्रों का टकराना

यदि एक ब्रह्मास्त्र भी शत्रु के खेमें पर छोड़ा जाए तो ना केवल वह उस खेमे को नष्ट करता है बल्कि उस पूरे क्षेत्र में 12 से भी अधिक वर्षों तक अकाल पड़ता है। और यदि दो ब्रह्मास्त्र आपस में टकरा दिए जाएँ तब तो मानो प्रलय ही हो जाता है। इससे समस्त पृथ्वी का विनाश हो जाएगा और इस प्रकार एक अन्य भूमण्डल और समस्त जीवधारियों की रचना करनी पड़ेगी।

महाभारत के युद्ध में दो ब्रह्मास्त्रों के टकराने की स्थिति तब आई जब ऋषि वेदव्यासजी के आश्रम में अश्वत्थामा और अर्जुन ने अपने-अपने ब्रह्मास्त्र चला दिए। तब वेदव्यासजी ने उस टकराव को टाला और अपने-अपने ब्रह्मास्त्रों को लौटा लेने को कहा। अर्जुन को तो ब्रह्मास्त्र लौटाना आता था, लेकिन अश्वत्थामा ये नहीं जानता था और तब उस ब्रह्मास्त्र के कारण परीक्षित, उत्तरा के गर्भ से मृत पैदा हुआ।

लेकिन कर्ण गुरु परशुराम के श्राप के कारण ब्रह्मास्त्र चलाना भूल गया था, नहीं तो वह युद्ध में अर्जुन का वध करने के लिए अवश्य ही अपना ब्रह्मास्त्र चलाता और अर्जुन भी अपने बचाव के लिए अपना ब्रह्मास्त्र चलाता और पूरी पृथ्वी का विनाश हो जाता। इस प्रकार गुरु परशुराम ने कर्ण को श्राप देकर पृथ्वी का विनाश टाल दिया।

धरती माता के श्राप का प्रभाव

धरती माता का श्राप यह था कि कर्ण के जीवन के सबसे निर्णायक युद्ध में धरती उसके रथ के पहिये को पकड़ लेंगी। उस दिन के युद्ध में कर्ण ने अलग-अलग रथों का उपयोग किया, लेकिन हर बार उसके रथ का पहिया धरती मे धस जाता। इसलिए विभिन्न रथों का प्रयोग करके भी कर्ण धरती माता के श्राप से नहीं बच सकता था, अन्यथा वह उस निर्णायक युद्ध में अर्जुन पर भारी पड़ता।

6

उदारता और चरित्र

अंगराज बनने के पश्चात् कर्ण ने ये घोषणा करी कि दिन के समय जब वह सूर्यदेव की पूजा करता है, उस समय यदि कोई उससे कुछ भी मांगेगा तो वह मना नहीं करेगा और मांगने वाला कभी खाली हाथ नहीं लौटेगा। कर्ण की इसी दानवीरता का महाभारत के युद्ध में इन्द्र और माता कुन्ती ने लाभ उठाया।

महाभारत के युद्ध के बीच में कर्ण के सेनापति बनने से एक दिन पूर्व इन्द्र ने कर्ण से साधु के वेश में उससे उसके कवच-कुण्डल माँग लिए, क्योंकि यदि ये कवच-कुण्डल कर्ण के ही पास रहते तो उसे युद्ध में परास्त कर पाना असम्भव था।

इन्द्र ने अपने पुत्र अर्जुन की सुरक्षा को ध्यान में रखते हुए कर्ण से इतनी बड़ी भिक्षा माँग ली लेकिन दानवीर कर्ण ने साधु वेश में देवराज इन्द्र को भी मना नहीं किया और इन्द्र द्वारा कुछ भी वरदान माँग लेने पर देने के आश्वासन पर भी इन्द्र से ये कहते हुए कि देने के पश्चात् कुछ माँग लेना दान की गरिमा के विरुद्ध है कुछ नहीं माँगा।

इसी प्रकार माता कुन्ती को भी दानवीर कर्ण द्वारा यह वचन दिया गया कि इस महायुद्ध में उनके पाँच पुत्र अवश्य जीवित रहेंगे और वह अर्जुन के अतिरिक्त और किसी पाण्डव का वध नहीं करेगा।

श्रीकृष्ण और कर्ण

दुर्योधन के साथ शान्ति वार्ता के विफल होने के पश्चात्, श्रीकृष्ण, कर्ण के पास जाते हैं, जो दुर्योधन का सर्वश्रेष्ठ योद्धा है। वह कर्ण का वास्तविक परिचय उसे बतातें है, कि वह सबसे ज्येष्ठ पाण्डव है और उसे पाण्डवों की ओर आने का परामर्श देते हैं। कृष्ण उसे यह विश्वास दिलाते हैं कि चूँकि वह सबसे ज्येष्ठ पाण्डव है, इसलिए युधिष्ठिर उसके लिए राजसिंहासन छोड़ देंगे और वह एक चक्रवती सम्राट बनेगा।

पर कर्ण इन सबके बाद भी पाण्डव पक्ष में युद्ध करने से मना कर देता है, क्योंकि वह अपने आप को दुर्योधन का ऋणि समझता था और उसे ये वचन दे चुका था कि वह मरते दम तक दुर्योधन के पक्ष में ही युद्ध करेगा। वह कृष्ण को यह भी कहता है कि जब तक वे पाण्डवों के पक्ष में हैं जो कि सत्य के पक्ष में हैं, तब तक उसकी हार भी निश्चित है। तब कृष्ण कुछ उदास हो जाते हैं, लेकिन कर्ण की निष्ठा और मित्रता की प्रशंसा करते हैं और उसका यह निर्णय स्वीकार करते हैं और उसे ये वचन देते हैं कि उसकी मृत्यु तक वह उसकी वास्तविक पहचान गुप्त रखेंगे।

कर्ण आओ, राजा बनो

कौरव तथा पांडव बंधुओं में राज्य के लिये युद्ध की तैयारियां हो गयी। युद्ध रोकने के लिये भगवान श्रीकृष्ण हस्तिनापुर गये। राज-दरबार में उन्होंने दुर्योधन को युद्ध न करने की सलाह दी। दुर्योधन ने भगवान कृष्ण की सलाह नहीं मानी। हस्तिनापुर से लौटते समय भगवान कृष्ण, कर्ण को अपने साथ रथ में बिठाकर कुछ दूर ले गये। कर्ण संकोच में पड़ गये। वे सोचने लगे कृष्ण एक महान व्यक्ति हैं। मुझ जैसे तुच्छ जातिवाले व्यक्ति की उनसे क्या तुलना ? कृष्ण ने मुझे अपने पास क्यों बिठाया ?

कृष्ण ने कर्ण की बेचैनी को समझ लिया और हंसकर कहा। कर्ण तुम्हें संकोच करने की आवश्यकता नहीं है। तुम यह सोचते हो कि तुम एक सारथी के पुत्र हो। यही न् ! तो सुनो, अधीरथ तुम्हारे असली पिता नहीं हैं। तुम कुंती के पुत्र हो। कुंती जब अविवाहित थी, तब उन्होंने तुम्हें जन्म दिया। लोकलाज से डरकर कुंती ने तुम्हें डलिया में लिटाकर गंगा में प्रवाहित कर दिया था। तुम अधीरथ को मिले। कर्ण ! तुम सूर्य की कृपा से पैदा हुये हो। तुम क्षत्रिय हो तथा पांडवों में सबसे बड़े हो। कुंती मेरी बुआ है अतः तुम मेरे भी रिश्तेदार हो। मेरे साथ आओ। मैं तुम्हें पांडवों

के पास ले चलता हूं। तुम कौरव तथा पांडव भाइयों में सबसे बड़े हो। तुम्हीं संपूर्ण साम्राज्य के राजा बनोगे। पांडवों को भी यह जानकर अत्यंत प्रसन्नता होगी कि तुम उनके सबसे बड़े भाई हो। दुर्योधन तथा धर्मराज युधिष्ठिर दोनों ही तुम्हें राजा के रूप में स्वीकार कर लेंगे। तब युद्ध नहीं होगा तथा हजारों निर्दोष व्यक्तियों का खून नहीं बहेगा। तुम एक महान परिवार के सदस्य हो, लेकिन अब तक तुम्हें सारथी पुत्र माना जाता रहा। यह कितने शर्म की बात है। इनता अपमान काफी है। तुम्हें एक राजा की तरह रहना चाहिये तथा कौरवों, पांडवों एवं यादवों को तुम्हारी आज्ञा का पालन करना चाहिये, लेकिन तुम दुर्योधन की दया पर जी रहे हो !''

दुर्योधन मेरे लिये सब कुछ है

भगवान कृष्ण की बातें सुनकर कर्ण आश्चर्यचकित रहे गये। उन्हें प्रसन्नता के साथ-साथ दुख भी हुआ। उनका गला भर आया और वे बोलने में असमर्थ हो गये। भावावेश में उन्होंने कहा, ''कृष्ण आप कहते हैं कि कुंती मेरी माता हैं। यह हो सकता है। लेकिन जन्म देने के तुरंत बाद कुंती ने मुझे त्याग दिया। अधीरथ तथा उनकी पत्नी राधा ने मुझे माता-पिता की तरह पाला पोसा। माता राधा ने मुझे अपना दूध पिलाया। अधीरथ ने मुझे अपने पुत्र से भी बढ़कर प्यार किया। उन्होंने धूमधाम से मेरा विवाह किया। अब मेरे पुत्र तथा पोते भी हैं। आप चाहे मुझे कुछ भी दें पर मैं अपने इन माता-पिता को कैसे छोड़ सकता हूं ? दुर्योधन और मैं दो शरीर एक प्राण हैं। जब सारा संसार मुझे तुच्छ जाति का समझकर मेरा उपहास कर रहा था, दुर्योधन ने तब मुझे सम्मान दिया। मेरे पास कुछ नहीं था। दुर्योधन ने मुझे राजा बना दिया। उसकी मित्रता असीम है। मैं उनका ऋण कैसे भूल सकता हूं ? मुझ पर भरोसा करके ही उन्होंने पांडवों से युद्ध करने की घोषणा की है। क्या मैं पांडवों के साथ मिलकर दुर्योधन के साथ विश्वासघात करूं ? नहीं कृष्ण ! दुर्योधन मेरा स्वामी है। मेरे लिये सब कुछ है। मैं उसका साथ दूंगा तथा पांडवों के साथ युद्ध करूंगा। यदि मैं विजयी रहा तो, मुझे अपने स्वामी का काम सफलतापूर्वक करने की प्रसन्नता होगी। यदि मैं मारा गया तो इसे मैं अपना सौभाग्य समझूंगा। मुझे वीरगति मिलेगी। इसीलिये मैं अपने निर्णय पर अडिग हूं। अब हमें एक दूसरे से विदा लेनी चाहिये।''

कर्ण के वचन सुनकर कृष्ण ने मन-ही-मन उसकी प्रशंसा की। उन्होंने कहा, ''कर्ण अपने स्वामी के प्रति तुम्हारी भक्ति अप्रतिम है।'' इसके बाद उन्होंने कर्ण से विदा ली।

कुन्ती और कर्ण

जब महाभारत का युद्ध निकट था, तब माता कुन्ती, कर्ण से भेंट करने गई और उसे उसकी वास्तविक पहचान का ज्ञान कराया। वह उसे बताती हैं कि वह उनका पुत्र है और ज्येष्ठ पाण्डव है। वह उससे कहती हैं कि वह स्वयं को कौन्तेय (कुन्ती पुत्र) कहे नाकी राधेय (राधा पुत्र) और तब कर्ण उत्तर देता है कि वह चाहता है कि सारा संसार उसे राधेय के नाम से जाने नाकी कौन्तेय के नाम से।

कुन्ती उसे कहती हैं कि वह पाण्डवों की ओर हो जाए और वह उसे राजा बनाएगें। तब कर्ण कहता है कि बहुत वर्ष पूर्व उस रंगभूमि में यदि उन्होनें उसे कौन्तेय कहा होता तो आज स्थिति बहुत भिन्न होती। पर अब किसी भी परिवर्तन के लिए बहुत देर हो चूँकि है और अब ये सम्भव नहीं है। वह आगे कहता है कि दुर्योधन उसका मित्र है और उस पर बहुत विश्वास करता है और वह उसके विश्वास को धोखा नहीं दे सकता। लेकिन वह माता कुन्ती को ये वचन देता है की वह अर्जुन के अतिरिक्त किसी और पाण्डव का वध नहीं करेगा। कर्ण और अर्जुन दोनों ने ही एक दूसरे का वध करने का प्रण लिया होता है और इसलिए दोनों में से किसी एक की मृत्यु तो निश्चित है। वह कहता है कि उनके कोई भी पाँच पुत्र जीवित रहेंगे - चार अन्य पाण्डव और उसमें या अर्जुन में से कोई एक। कर्ण अपनी माता से

निवेदन करता है कि वह उनके सम्बन्ध और उसके जन्म की बात को उसकी मृत्यु तक रहस्य रखे।

कुन्ती, कर्ण से एक और वचन माँगती है कि वह नागास्त्र का उपयोग केवल एक बार करे। कर्ण यह वचन भी कुन्ती को देता है। परिणामस्वरूप बाद में कुरुक्षेत्र के युद्ध में कर्ण एक बार से अधिक नागास्त्र का प्रयोग नहीं कर पाता।

'तुम्हारे पांच पुत्र रहेंगे ही'

अगले दिन प्रातः काल जब कर्ण नदी के किनारे खड़े होकर सूर्य की आराधना कर रहे थे, उसी समय कुंती वहां आयी। कृष्ण ने ही कुंती को वहां भेजा था। उन्होंने कुंती को यह कहला भेजा था कि वह कर्ण से यह वचन ले ले कि वे पांडवों का वध नहीं करेंगे। जब कर्ण ने कुंती को देखा तो आदर से प्रणाम किया। कुंती ने कहा, ''बेटा ! तुम मेरे पुत्र हो। पांडव तुम्हारे छोटे भाई हैं। तुम्हें इसका ज्ञान नहीं है। तुम अपने भाइयों को अपना शत्रु समझ रहे हो। तुमने उन्हें मार डालने की प्रतिज्ञा की है। कृपया ऐसा मत करना। कौरवों का साथ छोड़ दो। अपने छोटे भाइयों के पास आ जाओ। क्या बच्चों का यह कर्तव्य नहीं है कि वे अपने माता-पिता की इच्छा-पूर्ति करें ?''

कर्ण ने उत्तर दिया, ''मां, आप मेरी मां है, यह सत्य है। लेकिन अब तक लोग इसे जानते नहीं थे। जिन्होंने मेरा पालन-पोषण किया है, वे भी मेरे माता-पिता हैं। मैं उन्हें कैसे छोड़ सकता हूं ? यह युद्ध का समय है। इस समय दुर्योधन का नमक खानेवालों को मृत्यु की चिंता किये बिना उसके लिये युद्ध करना पड़ेगा। पिछले 13 वर्षों से मैंने दुर्योधन के साथ समस्त राजसी सुख-सुविधाओं का उपभोग किया है। उसकी मित्रतावश ही आज मैं यहां तक पहुंचा हूं। अब तक मैंने अपने भाइयों के बारे में एक शब्द भी नहीं कहा। मान लीजिये की अब यदि मैं युद्ध के अवसर पर पांडवों का साथ दूं, तो सारा संसार मुझे विश्वासघाती कहेगा। अतः मेरा पांडवों का साथ देना असंभव है। लेकिन माता, मैं आपकी एक इच्छा पूरी कर सकता हूं। आप चाहती है कि मैं पांडवों का संहार न करूं। मैं अर्जुन के सिवा किसी भी पांडवों को नहीं मारूंगा।

प्रश्न यह है कि मैं अर्जुन का संहार करता हूं या अर्जुन मेरा। हम दोनों में से किसी एक की मृत्यु के बाद भी आपके पांच पुत्र शेष रहेंगे ही। अब हमें अलग हो जाना चाहिये।'' इतना कहकर कर्ण ने पुनः श्रद्धापूर्वक अपनी माता के चरण स्पर्श किये तथा विदा ली।

कौरवों तथा पांडवों की सेनायें युद्ध के लिये तैयार हो गयी। भीष्म पितामह कौरव सेना के सर्वोच्च सेनापति बने। वे अपनी सेना तथा पांडवों की सेना के महत्वपूर्ण सेनानायकों की सूची बना रहे थे। उन दिनों योद्धाओं को उनकी शक्ति के अनुसार अतिरथ एवं महारथ की पदवी दी जाती थी। भीष्म ने कहा कि, "कर्ण अतिरथ तो क्या पूर्णरथ भी नहीं है। कर्ण के गुरु ने भी उसे शाप दिया है। कर्ण ने सूर्य द्वारा भेंट किये गये कवच तथा कुंडल को भी दान कर दिया है। अतः वह पहले की तरह शक्तिशाली नहीं रहा। अतः वह अर्धरथ है।" इतना कहकर भीष्म ने कर्ण को शूरवीर सेनाधिपतियों से बहुत नीचा स्थान दिया। भीष्म पितामह के समीप खड़े द्रोणाचार्य ने भी कहा, "हां ! हां ! कर्ण सत्य में अर्धरथ है।"

कर्ण को यह सब सुनकर अत्यंत दुःख हुआ। वे क्रोधित भी हुये। उन्होंने कहा, पितामह भीष्म आप मुझसे इतनी घृणा क्यों करते हैं। मैं निर्दोष हूं। फिर भी आप कठोर शब्दों से मेरे हृदय पर आघात कर रहे हैं। आप सर्वोच्च सेनापति हैं। क्या सेना में फूट डालना उचित है ? कौन यह कह सकता है कि सर्वोच्च सेनापति के रूप में आप अपने दायित्व को जानते हैं ? आप अत्यंत वृद्ध हो चुके हैं। इसलिये आप ऐसी बातें कह रहे हैं।" इसके बाद कर्ण, दुर्योधन की ओर मुड़कर बोले, "मित्र, पितामह भीष्म सोचते हैं कि संसार में वही एक मात्र योद्धा हैं। मैं अकेले ही, पांडव तथा उनकी सेना को नष्ट कर सकता हूं। लेकिन यदि यह मुझे इस तरह लांछित करेंगे तो मैं क्यों लडूं ? यदि मैं शत्रुओं का संहार भी करूंगा, तो सारा श्रेय सर्वोच्च सेनापति को ही मिलेगा। मुझे यह पसंद नहीं है। किसी भी स्थिति में वृद्ध पितामह भीष्म युद्ध में हारेंगे। उसके बाद मैं लडूंगा और शत्रुओं का संहार करूंगा।" इतना कहकर कर्ण युद्धक्षेत्र से चले गये।

महायोद्धा

आज भी लाखों हिन्दुओं के लिए कर्ण एक ऐसा योद्धा है जो जीवन भर दुखद जीवन जीता रहा। उसे एक महान योद्धा माना जाता है, जो साहसिक आत्मबल युक्त एक ऐसा महानायक था जो अपने जीवन की प्रतिकूल स्थितियों से जूझता रहा।

विशेष रूप से कर्ण अपनी दानप्रियता के लिए प्रसिद्ध है। वह इस बात का उदाहरण भी है की किस प्रकार अनुचित निर्णय किसी व्यक्ति के श्रेष्ठ व्यक्तित्व और उत्तम गुणों के रहते हुए भी किसी काम के नहीं होते। कर्ण को कभी भी वह नहीं मिला जिसका वह अधिकारी था, पर उसने कभी भी प्रयास करना नहीं छोड़ा। भीष्म और भगवान कृष्ण सहित कर्ण के समकालीनों ने यह स्वीकार किया है कि

कर्ण एक पुण्यात्मा है जो बहुत विरले ही मानव जाति में प्रकट होते हैं। वह संघर्षरत मानवता के लिए एक आदर्श है कि मानव जाति कभी भी हार ना माने और प्रयासरत रहे।

अर्जुन से तुलना

कर्ण और अर्जुन में बहुत सी समानताएँ हैं। दोनों ही अपने समय के सर्वश्रेष्ठ धनुर्धर थे, दोनों ने ही द्रौपदी का हाथ जीतने के लिए प्रतियोगिता में भागीदारी की

और दोनों को अपने भाईयों के विरुद्ध युद्ध में लड़ना पड़ा। एक और गहरा संयोजन यह कि दोनों ही कौरवों से निकटता से जुड़े हुए थे, कर्ण मित्रतावत और अर्जुन रक्तरत। उनके निर्णय और तद्नुरूप इसके उन पर और उनके परिवाओं पर पड़ने वाले परिणामों पर इस बात के लिए बल दिया जाता है कि अपने कर्तव्यों का पालन करने का क्या महत्व है, जैसा कि भगवद गीता में भगवान कृष्ण द्वारा बताया गया है।

कर्ण एक ऐसे व्यक्तित्व का उदाहरण है जो गुणी, दानवीर, न्यायप्रिय और साहसी था लेकिन फिर भी उसका पतन हुआ क्योंकि वह अधर्मी दुर्योधन के प्रति निष्ठावान था। कर्ण में वे पाँचों गुण थे जो द्रौपदी ने अपने वर के रूप में महादेव से माँगे थे, केवल एक को छोड़कर और वह था दुर्योधन से घनिष्ठ मित्रता।

अर्जुन व कर्ण में समानताएँ और विषमताएँ दोनों ही थीं। अर्जुन को आरम्भ से ही सुख, सम्पत्ति और मातृप्रेम मिला, जबाकि कर्ण को हर वस्तु प्राप्त करनी पड़ी। अर्जुन के पास हर वो वस्तु थी जो उसे विजई बनाती लेकिन कर्ण सर्वथा अकेला था। अपनी सच्चाई के कारण ही उसे सारे अभिशाप मिले जिसे उसने नतमस्तक हो कर स्वीकार किया।

कर्ण की छवि पर प्रश्नचिह्न

दुर्योधन के प्रति कर्ण के स्नेह के कारण, यद्यपि अनिच्छुक रूप से, उसने अपने प्रिय मित्र का पाण्डवों के प्रति सभी कुकर्मों में साथ दिया। कर्ण को पाण्डवों के प्रति दुर्योधन की दुर्भावनापूर्ण योजनाओं का ज्ञान था। उसे यह भी ज्ञान था कि असत के लिए सत से टकराने के कारण उसका पतन भी निश्चित है, जबकि कुछ लोगों का यह मानना है कि कुरु राजसभा में द्रौपदी के लिए श्वैश्या शब्द का उपयोग करके कर्ण ने अपने नाम पर स्वयं कालिख पोत ली थी, वहीं कुछ अन्य लोगों का मानना है कि वह अपने इस कृत्य में सही था, क्योंकि पहले द्रौपदी ने उसे अपने स्वयंवर में सूत पुत्र कहकर उसका अपमान किया था, ताकि वह उसके स्वयंवर में प्रतियोगी न बन सके। फिर भी, अभिमन्यु के मारे जाने में कर्ण की भूमिका और एक योद्धा से अनेक योद्धाओं के लड़ने के कारण उसके एक महायोद्धा होने की छवि को कहीं अधिक क्षति पहुँची और फिर उसी युद्ध में उसकी भी वही गति हुई। महाभारत की कुछ व्याख्यायों के अनुसार, यही वह कृत्य था जिसने भली प्रकार से

ये प्रमाणित कर दिया कि कर्ण युद्ध में अधर्म के पक्ष में लड़ रहा है और इस कृत्य के कारण उसके इस दुर्भाग्य का भी निर्धारण हो गया कि वह भी अर्जुन द्वारा इसी प्रकार मारा जाएगा जब वह शस्त्रास्त्र हीन और रथहीन हो और उसकी पीठ अर्जुन की ओर हो। कर्ण के पास सत्रहवें दिन के युद्ध में अर्जुन का वध करने का पूरा अवसर था लेकिन युद्ध नियमों का पालन करते हुए उसने अर्जुन पर बाण नहीं चलाया क्योंकि तब तक सूर्यदेव अस्त हो चुके थे।

कर्ण की नैतिकता

कौरव-पांडवों के बीच भयंकर युद्ध चल रहा था। कौरवों की ओर से कर्ण और पांडवों की ओर से अर्जुन एक दूसरे से भिड़े हुए थे। कभी अर्जुन का पलड़ा भारी पड़ता तो कभी कर्ण का। अचानक अर्जुन ने अपनी धनुष विद्या का प्रयोग कर कर्ण को पस्त कर दिया। कर्ण धराशायी सा हो गया। हालांकि वह भी धर्नुधर था लेकिन अर्जुन के आगे टिकना मुश्किल हो गया, तभी एक भयंकर और विषैला सर्प कर्ण के तूणीर में घुस गया।

कर्ण ने अपने तूणीर में से जब बाण निकाला तो उसे उसका स्पर्श कुछ अजीब सा लगा। सर्प बाण की मुद्रा में तूणीर में जा बैठा था। कर्ण ने सर्प को पहचानकर कहा, तुम मेरे तूणीर में कैसे घुस आए? इस पर सर्प बोला, हे कर्ण, अर्जुन ने खांडव वन में आग लगाई थी। उसमें मेरी माता जल गई थी, तभी से मेरे मन में अर्जुन के प्रति विद्रोह है। मैं उससे प्रतिशोध लेने का अवसर देख रहा था। वह अवसर मुझे आज मिला है। आज मैं आसानी से अपनी माता की मौत का बदला ले सकता हूं। आप मुझे तीर के स्थान पर चला दें। मैं सीधा अर्जुन को जाकर डस लूंगा और कुछ ही क्षणों में उसके प्राण पखेरू उड़ जाएंगे। इससे मेरा प्रतिशोध पूर्ण हो जाएगा और तुम विजयी कहलाओगे।

सर्प की बात सुनकर कर्ण सहजता से बोले, हे सर्पराज, आप गलत कार्य कर रहे हैं। जब अर्जुन ने खांडव वन में आग लगाई होगी तो उनका उद्देश्य तुम्हारी माता को जलाना कभी न रहा होगा। ऐसे में मैं अर्जुन को दोषी नहीं मानता। दूसरा अनैतिक तरह से विजय प्राप्त करना मेरे संस्कारों में नहीं है। यदि मैं अर्जुन को हराने में सफलता प्राप्त करूंगा तो नैतिक प्रयत्नों से, अनैतिक तरह से नहीं। इसलिए आप वापिस लौट जाएं और अर्जुन को कोई नुकसान न पहुंचाएं। कर्ण की नैतिकता देखकर सर्प का मन बदल गया और वह बोला, हे कर्ण, वाकई तुम्हारे दान और

नैतिकता की यह मिसाल युगों-युगों तक दी जाती रहेंगी। सर्प वहां से उड़ गया और कर्ण को अपने प्राण गंवाने पड़े।

महादानी तेजस्वी सूर्यपुत्र कर्ण का जीवन इतना त्रसदियुक्त क्यों रहा?

अक्सर यह प्रश्न उठता है कि महाभारत में कर्ण जैसे वीर योद्धा का जीवन इतना दुखद क्यों ? सूर्यपुत्र और ओजस्वी होकर भी उसे हमेशा सूतपुत्र पुकारा गया , माँ ने टोकरी में रख कर बहा दिया आदि आदि। इस प्रश्न का उत्तर श्री भागवत में मिलता है।

त्रेता युग में दो कहानियों के तार कर्ण से आ कर जुड़ते हैं। एक असुर था—दम्बोद्भव। उसने सूर्यदेव की बड़ी तपस्या की। सूर्य देव जब प्रसन्न होकर प्रकट हुए और वरदान मांगने के लिए कहा तो उसने अमरत्व का वरदान माँगा। सूर्यदेव ने कहा यह संभव नहीं है। तब उसने माँगा कि उसे एक हजार दिव्य कवचों की सुरक्षा मिले। इनमें से एक भी कवच सिर्फ वही तोड़ सके जिसने एक हजार वर्ष तपस्या की हो और जैसे ही कोई एक भी कवच को तोड़े, वह तुरंत मृत्यु को प्राप्त हो।

सूर्यदेवता बड़े चिंतित हुए। वे इतना तो समझ ही पा रहे थे कि यह असुर इस वरदान का दुरुपयोग करेगा, किन्तु उसकी तपस्या के आगे वे मजबूर थे। उन्हें उसे यह वरदान देना ही पड़ा।

इन कवचों से सुरक्षित होने के बाद वही हुआ जिसका सूर्यदेव को डर था। दम्बोद्भव अपने सहस्र कवचों की सहशक्ति से अपने आप को अमर मान कर मनचाहे अत्याचार करने लगा। वह सहस्र कवच नाम से जाना जाने लगा।

उधर सती जी के पिता दक्ष प्रजापति ने अपनी पुत्री मूर्ति का विवाह ब्रह्मा जी के मानस पुत्र धर्म से किया। मूर्ति ने सहस्रकवच के बारे में सुना हुआ था और उन्होंने श्री विष्णु से प्रार्थना की कि इसे खत्म करने के लिए वे आयें। विष्णु जी ने उसे आश्वासन दिया कि वे ऐसा करेंगे।

समयक्रम में मूर्ति ने दो जुड़वा पुत्रों को जन्म दिया जिनके नाम हुए नर और नारायण। दोनों दो शरीरों में होते हुए भी एक थे - दो शरीरों में एक आत्मा। विष्णु जी ने एक साथ दो शरीरों में नर और नारायण के रूप में अवतरण किया था।

दोनों भाई बड़े हुए। एक बार दम्बोद्भव इस वन पर चढ़ आया। तब उसने एक तेजस्वी मनुष्य को अपनी ओर आते देखा और भय का अनुभव किया।

उस व्यक्ति ने कहा कि मैं नर हूँ, और तुमसे युद्ध करने आया हूँ। भय होते भी दम्बोद्भव ने हंस कर कहा - तुम मेरे बारे में जानते ही क्या हो ? मेरा कवच सिर्फ वही तोड़ सकता है जिसने हजार वर्षों तक तप किया हो।

नर ने हंस कर कहा कि मैं और मेरा भाई नारायण एक ही हैं - वह मेरे बदले तप कर रहे हैं, और मैं उनके बदले युद्ध कर रहा हूँ।

युद्ध शुरू हुआ और सहस्र कवच को आश्चर्य होता रहा कि सच ही में नारायण के तप से नर की शक्ति बढ़ती चली जा रही थी। जैसे ही हजार वर्ष का समय पूर्ण हुआ, नर ने सहस्र कवच का एक कवच तोड़ दिया। लेकिन सूर्य के वरदान के अनुसार जैसे ही कवच टूटा नर मृत हो कर वहीं गिर पड़े। सहस्र कवच ने सोचा कि चलो एक कवच गया ही सही किन्तु यह तो मर ही गया। तभी उसने देखा की नर उसकी और दौड़े आ रहा है और वह चकित हो गया। अभी ही तो उसके सामने नर की मृत्यु हुई थी और अभी ही यह जीवित हो मेरी और कैसे दौड़ा आ रहा है?

लेकिन फिर उसने देखा कि नर तो मृत पड़े हुए थे, यह तो हुबहु नर जैसे प्रतीत होते उनके भाई नारायण थे - जो दम्बोद्भव की और नहीं, बल्कि अपने भाई नर की और दौड़ रहे थे।

दम्बोद्भव ने अट्टहास करते हुए नारायण से कहा कि तुम्हे अपने भाई को समझाना चाहिए था - इसने अपने प्राण व्यर्थ ही गँवा दिए।

नारायण शांतिपूर्वक मुस्कुराए। उन्होंने नर के पास बैठ कर कोई मन्त्र पढ़ा और चमत्कारिक रूप से नर उठ बैठे, तब दम्बोद्भव की समझ में आया कि हजार वर्ष तक शिवजी की तपस्या करने से नारायण को मृत्युंजय मन्त्र की सिद्धि हुई है - जिससे वे अपने भाई को पुनर्जीवित कर सकते हैं।

अब इस बार नारायण ने दम्बोद्भव को ललकारा और नर तपस्या में बैठे। हजार साल के युद्ध और तपस्या के बाद फिर एक कवच टूटा और नारायण की मृत्यु हो गयी। फिर नर ने आकर नारायण को पुनर्जीवित कर दिया और यह चक्र फिर फिर चलता रहा।

इस तरह 999 बार युद्ध हुआ। एक भाई युद्ध करता दूसरा तपस्या। हर बार पहले की मृत्यु पर दूसरा उसे पुनर्जीवित कर देता।

जब 999 कवच टूट गए तो सहस्त्रकवच समझ गया कि अब मेरी मृत्यु हो जायेगी। तब वह युद्ध त्याग कर सूर्यलोक भाग कर सूर्यदेव के पास शरणागत हुआ।

नर और नारायण उसका पीछा करते वहां आये और सूर्यदेव से उसे सौंपने के लिए कहा। किन्तु अपने भक्त को सौंपने के लिए सूर्यदेव राजी न हुए। तब नारायण ने अपने कमंडल से जल लेकर सूर्यदेव को श्राप दिया कि आप इस असुर को उसके कर्मफल से बचाने का प्रयास कर रहे हैं, जिसके लिए आप भी इसके पापों के भागीदार हुए और आप भी इसके साथ जन्म लेंगे इसका कर्मफल भोगने के लिए।

इसके साथ ही त्रेतायुग समाप्त हुआ और द्वापर का प्रारम्भ हुआ। इस युग में कुंती जी ने अपने वरदान को जांचते हुए सूर्यदेव का आवाहन किया और कर्ण का जन्म हुआ। लेकिन यह आम तौर पर ज्ञात नहीं है कि कर्ण सिर्फ सूर्यपुत्र ही नहीं है, बल्कि उसके भीतर सूर्य और दम्बोद्भव दोनों हैं। जैसे नर और नारायण में दो शरीरों में एक आत्मा थी, उसी तरह कर्ण के एक शरीर में दो आत्माओं का वास है - सूर्य और सहस्रकवच। दूसरी ओर नर और नारायण इस बार अर्जुन और कृष्ण के रूप में आये।

कर्ण के भीतर जो सूर्य का अंश है, वही उसे तेजस्वी वीर बनाता है। जबकि उसके भीतर दम्बोद्भव का अंश भी होने से उसके कर्मफल उसे अनेकानेक अन्याय और अपमान मिलते हैं और उसे द्रौपदी का अपमान और ऐसे ही अनेक अपकर्म करने को प्रेरित करता है।

यदि अर्जुन कर्ण का कवच तोड़ता, तो तुरंत ही उसकी मृत्यु हो जाती इसिलिये इंद्र उससे उसका कवच पहले ही मांग ले गए थे।

एक और प्रश्न जो लोग अक्सर उठाते हैं - श्री कृष्ण ने अर्जुन (इंद्रपुत्र) का साथ देते हुए कर्ण (सूर्यपुत्र) को धोखे से क्यों मरवाया ?

इस संदर्भ में यह कहा जाता है कि श्री राम अवतार में श्री राम ने सुग्रीव (सूर्यपुत्र) से मिल कर बाली (इंद्रपुत्र) का वध किया था सो इस बार उल्टा हुआ।

अपने समय का तेजस्वी महापुरुष

यदि इस एक बात को छोड़ दें कि कर्ण ने जुए के बाद धृतराष्ट्र की राजसभा में द्रौपदी को अपमानजनक शब्द कहे, तो उनके चरित्र में क्या कोई और ऐसा दोष ढूंढ पाना सम्भव है, जिससे कर्ण के खाते में बदनामी और अपयश की राशि जमा कराई जा सके? ऐसा आसान नहीं, बल्कि महाभारतकार के सामने कर्ण का चरित्र एक चुनौती बनकर आया है कि जिसके चित्रण के लिए उसे बार-बार अतिमानवीय

और अलौकिक कथाओं का सहारा लेना पड़ा है। धृतराष्ट्र की राजसभा में कर्ण द्वारा द्रौपदी का हुआ अपमान निश्चित ही एक धब्बे की तरह कर्ण के अन्यथा उज्ज्वल जीवन चरित्र में हमारे सामने आता है। पर क्या इस धब्बे को भी हम अतिरंजित रंगों में दिखा सकते हैं?

महाभारत का युग विलक्षण तनावों से भरा है और उसी मनोभाव में हर कोई मित्रें को वरदान और शत्रुओं को अभिशाप दे रहा है, संकल्प उठा रहा है और प्रतिज्ञाएं धारण कर रहा है। पर अगर हम-आप चाहते हैं कि कर्ण इस तमाम तनाव-मूर्छा से मुक्त, सदा सन्तुलित और प्रफुल्लित नजर आएं तो क्या कर्ण से हम अन्याय नहीं कर रहे होंगे? धृतराष्ट्र की जिस राजसभा में जुआ खेला गया, पाण्डवों की पराजय के बाद जहां द्रौपदी का अपमान हुआ, जहां स्वयं धृतराष्ट्र चुप रहे, आचार्य द्रोण चुप रहे, पितामह भीष्म तक चुप रहे, वहां हम उम्मीद अगर यह रखें कि कर्ण बोलते और द्रौपदी के पक्ष में बोलते तो क्या यह कर्ण से जरूरत से ज्यादा अपेक्षा नहीं है? कर्ण बोले तो क्या इसे उनकी ईमानदारी न माना जाए कि जहां भीष्म, द्रोण और धृतराष्ट्र चुप रहे, वहां विदुर और कर्ण ही दो ऐसे प्राणी हैं, जिन्होंने जो सोचा, वह बोला तो क्या हम कर्ण को इसीलिए विदुर से कम अंक दें कि उन्होंने वह क्यों नहीं बोला जो विदुर ने बोला? कर्ण ने जो बोला वह शायद हमारी आज की सामाजिक मान्यताओं पर बहुत खरा न उतरता हो। पर जो भी वे बोले, वह एक ऐसे व्यक्तित्व के उद्‌गार ही निश्चित रूप से थे, जिसको जीवन में निरन्तर अपमान और तिरस्कार मिला, जिसका पात्र वह यकीनन नहीं था।

कर्ण को जीवन में सिर्फ एक ही सकारात्मक उपलब्धि हुई- दुर्योधन से मिली सच्ची दोस्ती। अगर कर्ण भी अर्जुन की तरह कृष्ण के सखा होते तो क्या उनके वे सभी गुण पूरी ऊर्जा और प्रतिभा के साथ प्रस्फुटित न होते, जो वे दुर्योधन जैसे अहंकारी शासक का मित्र बनने के बाद नकारात्मक तरीके से अभिव्यक्त हुए? पर अगर कर्ण को कृष्ण सरीखा सखा नहीं मिला तो इसमें कर्ण का क्या दोष? हमेशा श्रेष्ठत्व को प्राप्त करने की उनकी लालसा और उसके लिए उनके प्रयास अभूतपूर्व हैं। घटनाचक्र गवाह है कि कर्ण और अर्जुन की तुलना की जाए तो कर्ण अपनी चारित्रिक विराटता के कारण अर्जुन को मीलों पीछे छोड़ देते हैं।

द्रौपदी के अपमान की घटना फिर से अपवाद है, अन्यथा कर्ण के चरित्र को पाण्डवों और कौरवों में सर्वश्रेष्ठ कहा जा सकता है। द्रोण से जाकर शस्त्र विद्या सीखने का कर्ण का निश्चय धनुर्धारी के रूप में उनकी महत्वाकांक्षा का प्रतीक है। कौरव-पाण्डवों को द्रोण की गुरु के रूप में प्राप्ति भीष्म के कारण हुई। कर्ण

ने द्रोण को स्वयं चुना और उन्हें गुरु स्वीकार किया, पर जब शस्त्र परीक्षा का मौका आया, जब कर्ण सर्वश्रेष्ठ धनुर्धर का खिताब पाने के लिए अर्जुन को सफलतापूर्वक चुनौती दे सकते थे, उन्हें सूतपूत्र कहकर प्रतिस्पर्द्धा से बाहर कर दिया गया। द्रोण ने अश्वत्थामा और अर्जुन के लिए पक्षपात करते हुए कर्ण को ब्रह्मास्त्र नहीं सिखाया। विवश कर्ण जब ब्रह्मास्त्र सीखने परशुराम जी के पास गए तो जल्दी ही यह पता लग जाने पर कि ये ब्राह्मण नहीं हैं, परशुराम ने, जिनकी प्रतिज्ञा सिर्फ ब्राह्मणों को धनुर्विद्या सिखाने की थी, कर्ण को अपने आश्रम से निकाल दिया। बल्कि झूठमूठ का ब्राह्मण बनकर आने का आरोप लगाकर कर्ण को शाप अलग दे दिया।

द्रौपदी के स्वंयवर का मौका आया तो क्या कर्ण जैसे धनुर्धर के लिए मछली की आंख फोड़कर द्रौपदी को पा लेना कठिन था? पर उसे सूतपुत्र कहकर द्रौपदी ने स्वयंवर से बाहर कर बेशक अपने अधिकार का उपयोग किया, पर कर्ण का अकारण अपमान तो हुआ ही। सब ओर से निन्दित, प्रताड़ित और तिरस्कृत कर्ण अगर विवश होकर दुर्योधन की दोस्ती की गलत संगति आदि के कुचक्र में फंस गए तो भी आप इसका सारा दोष कर्ण को देना चाहेंगे, कुन्ती को नहीं, जिसने स्वयं को कुमारी साबित करने के सामाजिक मानदण्ड पर खरा उतरे रहने के लिए अपनी विवाहपूर्व सन्तान कर्ण को नदी में (सुरक्षित) बहा दिया?

सब ओर से तिरस्कृत, पर अपने समय के अघोषित सर्वश्रेष्ठ धनुर्धर के चरित्र की कुछ दूसरी विशेषताएं भी जानना जरूरी है। कर्ण इतने तेजस्वी थे कि उन्हें सूर्यपुत्र से कम मान पाना किसी के लिए सम्भव ही नहीं हो पा रहा था। यदि सूर्य नक्षत्र मण्डल के स्वामी हैं और उनकी तेजस्विता को प्रमाणित करने की जरूरत नहीं है तो कर्ण को सूर्य की सन्तान मानने के निहितार्थों को समझना कठिन नहीं। वे जीवन में कई बार भयानक रूप से अपमानित हुए- द्रोण द्वारा ब्रह्मास्त्र सिखाने से मना कर देने पर, परशुराम द्वारा निष्कासित और अभिशप्त कर देने पर, शस्त्र प्रतिस्पर्द्धा और द्रौपदी स्वयंवर से बाहर निकाल दिए जाने पर और भीष्म द्वारा अपने सेनापतित्व के समय युद्ध में शामिल न होने देने पर। पर हर बार कर्ण का उद्वेग उनके काबू में रहा, उनका सन्तुलन नहीं बिगड़ा और वे जीवन से भाग नहीं खड़े हुए। ऐसे तेजस्वी व्यक्ति को सूर्यपूत्र के अलावा और कुछ कह पाना मुमकिन ही नहीं था।

कहते हैं कि कर्ण को जन्म के समय ही कवच मिले हुए थे जो उनके शरीर में अन्तर्निहित थे। इस कारण कर्ण युद्ध हार कर भी अजेय बने रह सकते थे, क्योंकि

उनके शरीर पर अस्त्र का प्रहार कोई खास असर डालता ही नहीं था। इसका अर्थ क्या है? हम नहीं जानते। पर सूर्यपुत्र को यह वरदान था। जहां अन्य योद्धा अपने शरीर की रक्षा के लिए कवच पहनते थे, वहां कर्ण के शरीर में वे पहने-पहनाए थे, शरीर की चमड़ी की तरह। कृष्ण जानते थे कि जब तक उन कवचों को कर्ण के शरीर से अलग नहीं किया जाएगा, कर्ण मारे नहीं जा सकते। इसलिए अर्जुन के पिता इन्द्र को ब्राह्मण का वेश बनाकर कर्ण के पास भेजा गया। ब्राह्मण इन्द्र ने पहले दान की प्रतिज्ञा कर्ण से करवा ली। फिर दान में कवच मांग लिए। कर्ण मूर्ख नहीं थे कि इस तरह के दान के पीछे के षडयन्त्र को न पहचानते हों। उन्हें बताया भी गया कि यह चालाकी क्यों की जा रही थी, पर अपने को सम्भावित मृत्यु के हवाले करने का दुस्साहस करके भी कर्ण ने कवच दे दिए। इसे क्या कहेंगे? क्या हस्तिनापुर के किसी भी पात्र ने ऐसा बलिदान किया? शायद हम भीष्म को याद करना चाहें, जिन्होंने पिता की खातिर विवाह न करने की प्रतिज्ञा की थी। अन्यथा क्या कर्ण अद्वितीय नहीं?

कर्ण की अद्वितीयता का सर्वश्रेष्ठ उदाहरण तो वह दिलासा है, जो कर्ण ने कुन्ती को दिया और उसे पूरा भी किया। महाभारत युद्ध से पहले कृष्ण ने कर्ण को बता दिया था कि कुन्ती ही उसकी मां है और पाण्डव उसके भाई हैं। यदि कर्ण दुर्योधन को छाड़ पाण्डवों के पक्ष में आ जाएं तो वे हस्तिनापुर नरेश बनेंगे और उनके पांचों पाण्डव भाई उनकी सेवकाई करेंगे। अगर कर्ण के चरित्र की महानता का सही अन्दाज लेना हो, युद्ध में कौरव हारेंगे यह समझते हुए भी दुर्योधन का साथ न छोड़ने की बात कहने वाले कर्ण की विलक्षणता का ग्राफ समझना हो तो कृपया महाभारत के उद्योग पर्व के चार अध्याय (140-143) पढ़िए। इससे भी आगे देखें। कुन्ती को मां के रूप में जान लेने के बाद कैसे कर्ण ने, जीवन भर कुन्ती के ही एक काम के कारण मिले तिरस्कारों की शृंखला को भूलकर, उसे मां मानकर प्रतिज्ञा कर ली कि वे अर्जुन को छोड़ शेष चारों पाण्डवों को युद्ध में नहीं मारेंगे। तो बताइए, है कोई कर्ण सरीखा दूसरा महापुरुष?

इसलिए, इस महापुरुष को कोसने की नहीं, समझने की जरूरत है। कर्ण हमारे समाज की विडम्बनाओं के जीते-जागते उदाहरण हैं। वे क्षत्रिय थे, पर उनकी प्रसिद्धि सूतपुत्र की हो गई। इससे उन्हें वे तमाम अपमान झेलने पड़े जिन्होंने उनके गुणों को, एक महापुरुष की श्रेष्ठताओं को तरीके से व्यक्त और विकसित नहीं होने दिया। इसलिए पूरे महाभारत-माहौल में कर्ण एक व्यक्ति नहीं, एक प्रश्न बनकर हमारे सामने आते हैं और वह प्रश्न स्वयं कर्ण ने कुन्ती से तब किया, जब कुन्ती

ने कहा-'अकरोत् मयि यत् पापं भवती सुमहत्तम, अपकीर्णोस्मि यन्मातः तद् यशः कीर्तिनाशनम्।' मां, आपने मेरे प्रति जो पाप किया, उससे मुझे कितनी तकलीफ हुई है। तुमने मुझे पानी में क्यों फेंका, मुझे यश और अपकीर्ति के विनाश में ही धकेल दिया। कर्ण का प्रश्न हैः मां तुमने ऐसा क्यों किया और अब मैं तुम्हारी बात क्यों मानूं?

7

दानवीर कर्ण

महाभारत का युद्ध चल रहा था। सूर्यास्त के बाद सभी अपने-अपने शिविरों में थे। उस दिन अर्जुन ने कर्ण को पराजित कर दिया था। इसलिए वह अहंकार में चूर थे। वह अपनी वीरता की डींगें हाँकते हुए कर्ण का तिरस्कार करने लगे।

यह देखकर श्रीकृष्ण बोले-"पार्थ! कर्ण सूर्यपुत्र है। उसके कवच और कुंडल दान में प्राप्त करने के बाद ही तुम उस पर विजय पा सके हो अन्यथा उसे पराजित करना किसी के वश में नहीं था। वीर होने के साथ ही वह दानवीर भी हैं। उसके समान दानवीर आज तक नहीं हुआ।"

कर्ण की दानवीरता की बात सुनकर अर्जुन तिलमिला उठे और तर्क देकर उसकी उपेक्षा करने लगे। श्रीकृष्ण अर्जुन की मनोदशा समझ गए थे। वे शांत स्वर में बोले-"पार्थ! कर्ण रणक्षेत्र में घायल पड़ा है। तुम चाहो तो उसकी दानवीरता की परीक्षा ले सकते हो।" अर्जुन ने श्रीकृष्ण की बात मान ली। दोनों ब्राह्मण के रूप में उसके पास पहुँचे। घायल होने के बाद भी कर्ण ने ब्राह्मणों को प्रणाम किया और वहाँ आने का उद्देश्य पूछा। श्रीकृष्ण बोले-"राजन! आपकी जय हो। हम यहाँ भिक्षा लेने आए हैं। कृपया हमारी इच्छा पूर्ण करें।"

कर्ण थोड़ा लज्जित होकर बोला-"ब्राह्मण देव! मैं रणक्षेत्र में घायल पड़ा हूँ। मेरे सभी सैनिक मारे जा चुके हैं। मृत्यु मेरी प्रतीक्षा कर रही है। इस अवस्था में भला मैं आपको क्या दे सकता हूँ?"

"राजन! इसका अर्थ यह हुआ कि हम खाली हाथ ही लौट जाएँ? ठीक है राजन! यदि आप यही चाहते हैं तो हम लौट जाते हैं। किंतु इससे आपकी कीर्ति धूमिल हो जाएगी। संसार आपको धर्मविहीन राजा के रूप में याद रखेगा।" यह कहते हुए वे लौटने लगे। तभी कर्ण बोला-"ठहरिए ब्राह्मणदेव! मुझे यश-कीर्ति की इच्छा नहीं है, लेकिन मैं अपने धर्म से विमुख होकर मरना नहीं चाहता। इसलिए मैं आपकी इच्छा अवश्य पूर्ण करूँगा।"

कर्ण के दो दाँत सोने के थे। उन्होंने निकट पड़े पत्थर से उन्हें तोड़ा और बोले-"ब्राह्मण देव! मैंने सर्वदा स्वर्ण (सोने) का ही दान किया है। इसलिए आप इन स्वर्णयुक्त दाँतों को स्वीकार करें।"

श्रीकृष्ण दान अस्वीकार करते हुए बोले-"राजन! इन दाँतों पर रक्त लगा है और आपने इन्हें मुख से निकाला है। इसलिए यह स्वर्ण जूठा है। हम जूठा स्वर्ण स्वीकार नहीं करेंगे।" तब कर्ण घिसटते हुए अपने धनुष तक गए और उस पर बाण चढ़ाकर गंगा का स्मरण किया। तत्पश्चात बाण भूमि पर मारा। भूमि पर बाण लगते ही वहाँ से गंगा की तेज जल धारा बह निकली। कर्ण ने उसमें दाँतों को धोया और उन्हें देते हुए कहा-"ब्राह्मणों! अब यह स्वर्ण शुद्ध है। कृपया इसे ग्रहण करें।"

तभी कर्ण पर पुष्पों की वर्षा होने लगी। भगवान श्रीकृष्ण और अर्जुन अपने वास्तविक स्वरूप में प्रकट हो गए। विस्मित कर्ण भगवान श्रीकृष्ण की स्तुति करते हुए बोला-"भगवन! आपके दर्शन पाकर मैं धन्य हो गया। मेरे सभी पाप नष्ट हो गए प्रभु! आप भक्तों का कल्याण करने वाले हैं। मुझ पर भी कृपा करें।"

तब श्रीकृष्ण उसे आशीर्वाद देते हुए बोले-"कर्ण! जब तक यह सूर्य, चन्द्र, तारे और पृथ्वी रहेंगे, तुम्हारी दानवीरता का गुणगान तीनों लोकों में किया जाएगा। संसार में तुम्हारे समान महान दानवीर न तो हुआ है और न कभी होगा। तुम्हारी यह बाण गंगा युगों-युगों तक तुम्हारे गुणगान करती रहेगी। अब तुम मोक्ष प्राप्त करोगे।" कर्ण की दानवीरता और धर्मपरायणता देखकर अर्जुन भी उसके समक्ष नतमस्तक हो गए।

भगवान कृष्ण और देवराज इन्द्र दोनों जानते थे कि जब तक कर्ण के पास पैदायशी कवच और कुंडल है वो युद्ध में अजेय है ! सूर्य पुत्र कर्ण को मारना तो दूर उसके बाणों के सामने टिकना भी किसी योद्धा के बस की बात नहीं है ! भीष्म पितामह और गुरु द्रोण भी कर्ण का सामना करने में अक्षम थे फिर अर्जुन की तो बिसात ही क्या थी ?

आखिर सोच विचार के बाद देवराज ने एक निर्णय कर लिया और अपने सारथी को चलने की तैयारी करने का हुक्म कर दिया !

अपने वायुगति से भी तेज गति से दौड़ने वाले घोड़ों से जुते रथ पर सवार होकर देवराज इन्द्र अतिरिक्त कर्ण के महल में एक ब्राह्मण का वेश बना कर पहुँच गए ! राजा कर्ण याचको को दान दे रहे हैं ! सभी याचक अपनी उम्मीद से भी ज्यादा इच्छित वस्तु पाकर खुश हैं और कर्ण को आशीष देते हुए जा रहे हैं ! सबसे अंत में एक ब्राह्मण आया और भिक्षा का अनुरोध किया ! दानी कर्ण ने पूछा - विप्रवर आज्ञा करिए ! किस वस्तु की अभिलाषा लेकर आए हैं ?

विप्र बने इन्द्र ने कहा - महाराज आप जैसा दानी तो इस धरा पर दूसरा कोई नहीं है ! तो मुझे मालुम है की इच्छित वस्तु तो आप अवश्य देंगे ही ! फिर भी आप संकल्प कर ले तब मैं मागूँगा !

दानी कर्ण ने थोड़ी नाराजगी से कहा - विप्र आप शंका क्यूँ कर कर रहे हैं ! आप आदेश करिए ! दान के नाम पर हम जान न्योछावर कर देंगे !

विप्र - नहीं नहीं राजन ! आपकी जान की सलामती की हम कामना करते हैं ! बस हमें इच्छित वस्तु मिल जाए ! आप तो यह प्रण कर लीजिये !

कर्ण - हम प्रण करते हैं विप्रवर ! मांगिये !

ब्राह्मण ने कहा - राजन आपके शरीर के कवच और कुंडल हमें दान स्वरूप चाहिए !

इस दान वीर कर्ण ने बिना एक क्षण भी गंवाए अपने कवच और कुंडल अपने शरीर से खंजर की सहायता से अलग किए और ब्राह्मण को सौंप दिए ! पूरा शरीर लहूलुहान हो गया ! वाह रे दान वीर कर्ण ! अपनी मौत का सामान इस ब्राह्मण बने छलिया इन्द्र को सौंपने में एक क्षण भी नहीं लगाया !

इन्द्र ने तुरंत वहाँ से दौड़ ही लगा दी और दूर खड़े रथ पर सवार हो गए ! उसने सारथी को आज्ञा दी कि जितनी जल्दी हो यहाँ से भाग चलो ! देर मत करो ! इन्द्र को यह डर सता रहा था कि कहीं कर्ण का मन बदल जाए और वो आकर ये अपने कवच कुंडल वापस न ले ले ! उसने सारथी को तेज गति से चलने के लिए फिर कहा ! पर ये क्या ? सारथी ने कहा - महाराज इन्द्र , रथ आगे नहीं जा पा रहा है ! अश्वों की पीठ चाबुक खा खा कर लाल पड़ चुकी थी ! पर वो रथ को खींच नहीं पा रहे हैं! शायद रथ के पहिये अन्दर धंस चुके हैं !

धड़कते और आशंकित से इन्द्र ने रथ से नीचे उतर कर देखना चाहा ! इतनी देर में आकाशवाणी हुई ! उसने कहा - ऐ देवराज इन्द्र ! तुमने इतना बड़ा पाप किया

है कि उस पाप के बोझ से तेरा रथ जमीन में धंस गया है ! और अब आगे नहीं जा सकता ! अपने पुत्र अर्जुन की जान बचाने के लिए तूने छल पूर्वक कर्ण की जान खतरे में डाल दी है !

अब जैसा कि सब जानते हैं आज तक इन्द्र जैसा निर्लज्ज और स्वार्थी दूसरा कोई भी नही हुआ! सो इन्द्र ने आकाशवाणी से पूछा कि ठीक है अब जो हो गया वो गया ! पाप पुन्य का फैसला होता रहेगा ! पर अभी तो मुझे यहाँ से निकलने का उपाय बताओ ! तब आकाशवाणी ने बताया की बदले में बराबरी की कोई वस्तु उस कर्ण को दे कर आवो ! उसके बाद ही तुम यहाँ से निकल पाओगे ! वरना सारी उम्र यहीं बैठ कर रोना अब !

बुरे फंसे देवराज आज तो ! क्या करते ? मजबूरी थी ! सो वापस पहुँच गए महाराज कर्ण के दरबार में ! महाराज कर्ण अपने दैनंदिन कार्य में ऐसे लगे थे जैसे कुछ हुआ ही नहीं हो ! सिर्फ कानो पर और सीने पर कुछ ताजा घाव के निशान और रक्त अवश्य दिखाई दे रहा था ! उन्होंने इन्द्र को आते देखा तो पूछ बैठे - देवराज आदेश करिए अब क्या चाहिए ? वह भी अवश्य मिलेगा !

इन्द्र ने अपनी झेंप मिटाते हुए कहा - अब मैं याचक नहीं हूँ ! आपको कुछ देना चाहता हूँ ! आप मांग लीजिये जो कुछ भी चाहिए ! कर्ण ने कहा - देवराज, मैंने आज तक कभी किसी से कुछ नहीं माँगा और न ही मुझे कुछ चाहिए ! कर्ण सिर्फ दान देना जानता है लेना नहीं ! अब देवराज को पसीना आ गया ! क्या करें?

इन्द्र ने कहा - महाराज कर्ण, आपको कुछ तो मांगना ही पड़ेगा वरना मेरा रथ यहाँ से नहीं जा सकेगा ! आप कुछ मांग कर मुझ पर अहसान करिए ! आप जो भी मांगेगे मैं देने को तैयार हूँ !

अब कर्ण ने नाराज होते हुए कहा - देवराज मैं सुर्यपुत्र कर्ण ऐसा कोई काम नहीं करता जिससे मुझे माँगने के लिए विवश होना पड़े ! मुझे दान देने में आनंद आता है लेने में नहीं ! और ना ही मैं भिखमंगा हूँ ! देवराज को गुस्सा भी आ रहा था! उसके मुंह पर ही उसको भिखमंगा कहा जा रहा है! पर क्या कर सकते हैं वो कर्ण का !

लाचार इन्द्र ने कहा - मैं ये वज्र रूपी शक्ति तुमको इसके बदले में दे कर जा रहा हूँ ! तुम इसको जिस के ऊपर भी चला दोगे वो बच नहीं पायेगा भले ही साक्षात काल के ऊपर ही चला देना ! और कर्ण कुछ कहते उसके पहले ही देवराज वो शक्ति वहाँ रख कर तुरंत भाग लिए ! कर्ण के आवाज देने पर भी वो रुके नहीं

! तब कर्ण ने उस शक्ति को उठा कर एक तरफ रख दिया और अपने काम में लग गए !

कवच कुंडल दान के बाद कर्ण दुर्योधन संवाद

कवच कुंडल दान में दे दिए जाने का कर्ण को कुछ भी रंज गम या शोक नही था। उनके लिए तो एक सामान्य सी घटना थी। पर जैसे ही दुर्योधन को मालूम पड़ा की कर्ण ने अपने कवच कुंडल दान में दे दिए हैं तो दुर्योधन को तो चक्कर ही आ गए। उसको हस्तिनापुर का राज्य हाथ से फिसलता लग रहा था। वो और दुशाशन गुस्से में लाल-पीले होते हुए कर्ण के पास पहुँच गए और जाते ही अपने स्वभाव अनुसार उसने कैफियत मांगी। कर्ण ने भी सहज उत्तर दे दिया कि ब्राह्मण बन कर इन्द्र ले गया।

मैं याचक को मना कैसे कर सकता था ! इस बात पर दुर्योधन को बहुत गुस्सा आ गया और वो बोला - ये क्यों नहीं कहते कि अपने सगे भाइयों की पक्षपात करते हुए तुमने दे दिए। तुमको मालुम है मैं तुम्हारे सारे राजा शाही शोक इस लिए उठा रहा हूँ कि एक दिन अर्जुन को तुम ही मारोगे। और किसी के बूते की बात नहीं है और तुम्हारे कोई सुरखाब के पर नहीं लगे हैं। तुम भी इन्हीं कवच कुन्डलों की वजह से इसमें सक्षम थे। पर हाय री किस्मत... दुर्योधन विलाप करते हुए बोला - तुमने मुझे कहीं का नहीं छोड़ा। तुम धोखेबाज कहीं के ....। और दुर्योधन आंय बांय. . सन्निपात के मरीज की तरह बकने लग गया।

कर्ण ने उसको समझाने की बहुत कोशीश की। पर बड़ा मुश्किल था दुर्योधन को कुछ भी समझाना। सही है दुर्योधन ने कर्ण को बराबरी का दर्जा यानी राजा का दर्जा दिया। उस सूत पुत्र कर्ण को। जिसको कोई राजाओं की सभा में बैठने नहीं देता था और दुर्योधन ये कोई दान पुण्य में नहीं कर रहा था उसको भी कर्ण से चाहत थी और जब वो चाहत पूरा करने के काबिल ही नहीं रहा तो काहे का दोस्त ? अब कर्ण उसको लंगडा घोड़ा लगने लग गया था, फिर भी थोड़ी देर के बाद गुस्सा थोड़ा कम हुआ तो उसने पूछा - क्या वो इन्द्र का बच्चा यूँ ही ले गया तुम्हारे कवच कुंडल? या बदले में कुछ दे कर भी गया था ?

अब कर्ण को याद आया कि वो कोई वज्र रूपी शक्ति दे कर गया था, तब उसने कहा - कि हाँ इन्द्र एक वज्र रख के भाग गया था जल्दी में। अब दुर्योधन की आँखों में कुछ चमक आयी और व्यग्रता से उसने पूछा - कहाँ है वो शक्ति ? कर्ण बोला—वो उस कोने में रखी है ! उसको इतना लापरवाह देख कर दुर्योधन की इच्छा तो हुई कि इसको बाहर कर दे, पर उसको मालूम था कि बिना कवच कुंडल के भी कर्ण का कोई तोड़ दुर्योधन के पास नहीं था।

उस वज्र को हाथ में लेते हुए दुर्योधन ने पूछा कि उस इन्द्र के बच्चे ने और क्या कहा था इस शक्ति को देते समय ? अब कर्ण ने कहा - हाँ याद आया ! देवराज ने कहा था कि इसको तुम एक बार काल पर भी चला दोगे तो काल भी खत्म हो जायेगा।

अब दुर्योधन की बांछे खिल गईं। उसे युद्ध में अर्जुन की मौत दिखाई देने लग गई। कर्ण से उसने क्षमा याचना की। कर्ण ने कहा - मित्र क्या हुआ जो तुम तनिक आवेश में आ गए। मैंने सारा ठाठ तो तुमसे ही पाया है। अगर तुम एक बार गुस्से में कुछ कह गए तो पिछला तुम्हारा इतना कर्ज मेरे ऊपर है कि मैं कभी

तुमसे कर्ज मुक्त नहीं हो पाउँगा। मित्र तुम यकीन रखो मेरे प्राण अगर जायेंगे तो तुम्हारे लिए।

दुर्योधन बोला—कर्ण मेरे मित्र मुझे क्षमा करना। मैंने ये सारे युद्ध की तैयारी ही तुम्हारे दम पर की है। अब इस वज्र को मैं संभाल कर रखता हूँ। तुम लापरवाही में इधर उधर फेंक दोगे। दुर्योधन शायद डर गया था कि कोई फिर याचक बन कर इसे बेवकूफ बना कर ना ले उड़े। अब वो संभाल कर उस शक्ति को साथ में ले कर दुशाशन के साथ कर्ण के राज प्रासाद से बाहर निकल गया।

यह बात है महाभारत युद्ध के उन दिनों की जब यह युद्ध कौरवों की तरफ से कर्ण के सेनापतित्व में लड़ा जाने लगा था।

उस समय अर्जुन ने पूरी कौरव सेना को अपने बाणों से गाजरमूली की तरह काटने का सिलसिला कायम कर रखा था। रात को दुर्योधन, कर्ण और दुशाशन के साथ अगले दिन की युद्ध की योजना बना रहे थे। दुर्योधन ने अर्जुन की तरफ से जो नुक्सान पहुँच रहा था उस पर चिंता जाहिर करते हुए कर्ण से कहा कि तुम तो कल जाते ही ये इन्द्र वाली शक्ति अर्जुन पर चला देना। फिर इस युद्ध में ऐसा कुछ भी नहीं है जो हमारे काबू से बाहर हो। कर्ण ने भी अपनी सहमती जताई।

पर लगातार दो दिनों के युद्ध के बाद भी कर्ण ने वह शक्ति अर्जुन पर नहीं चलाई। रात में फिर से कौरवों के मंत्रणा शिविर में इसी को लेकर बहस हो रही है। दुर्योधन बहुत नाराज है कर्ण से। वो जानना चाहता है कि क्यों नहीं शक्ति को चलाया गया अर्जुन पर।

क्या इसलिए कि वो तुम्हारा सगा भाई है ? अब युद्ध के इस मोड़ पर तुम मुझसे धोखा करने पर आमादा हो ? पता नहीं दुर्योधन क्या क्या आंय बांय बकने लग गया। आखिर बड़ बोला तो था ही। कर्ण ने इसको बहुत समझाने की कोशिश की पर वो समझने को तैयार नहीं हुआ।

कर्ण बोला—मित्र दुर्योधन मेरा यकीन करो। तुम जो कह रहे हो वैसी बात बिल्कुल नहीं है। मुझे पता नहीं क्यों ? इस शक्ति के उपयोग करने का स्मरण ही नही आता ? पता नहीं क्यों ? मैं क्यों भूल जाता हूँ ? अर्जुन की तरफ से इतनी घनघोर बाणों की बाढ़ सी आती है कि सब कुछ भूल कर उससे बचने की सोचने में इस शक्ति के उपयोग की याद ही नहीं आती। कल मैं इसका अवश्य उपयोग कर लूंगा।

इस पर दुर्योधन ने लगभग चिल्लाते हुए कहा—हाँ हाँ ठीक है। कल तुम्हारा सारथी बन कर मैं चलूँगा। और मैं अपने हाथ से उठाकर यह शक्ति तुमको दूंगा फिर देखता हूँ कैसे अर्जुन कल बच पाता है। यह तय हो गया कि कल कर्ण का सारथी दुर्योधन रहेगा।

उधर गुप्तचरों ने जैसे ही कृष्ण को इस बात की सुचना दी ! कृष्ण के माथे पर चिंता की लकीरें खिंच गयी। उनको लगा कि कल का दिन अर्जुन का आखिरी दिन होगा। दुर्योधन सारथी है तो वो तो भूलने से रहा। वो तो कितने ही नुकसान के बल पर भी आते ही वो शक्ति अर्जुन पर चलवा देगा। अब कृष्ण ने तेजी से सोचना शुरू किया। और तुंरत उन्होंने कल अर्जुन की जगह सेना नायक को बदलने की ठान ली।

उन्होंने इसी दिन के लिए भीम पुत्र घटोत्कच को तैयार रक्खा था। उन्होंने उसे बुलवा भेजा। आते ही घटोत्कच ने प्रणाम किया और खड़ा हो गया। कृष्ण ने अपना प्रोयोजन बताया तो घटोत्कच की बांछे खिल उठी। आखिर घटोत्कच जैसे शूरवीरों का जन्म किस लिए होता है? पर इधर भीम पुत्र मोह से पगला से उठे। उन्होंने कहा—वासुदेव आप यह क्या कर रहे हैं। अरे हम अभी जिंदा बैठे हैं। फिर बच्चों को क्यों युद्ध में झोंका जा रहा है। अभी इनके युद्ध लड़ने के नहीं खेलने खाने के दिन हैं। कल का युद्ध मैं लडूंगा। घटोत्कच अभी बच्चा है। उसे कर्ण जैसे महारथी के सामने भेजना यानी कि उसके प्राणों की आहुती देना।

अब युधिष्ठर ने कहा—भीम! ये पहले ही तय हो चुका है कि हम इस बारे में कोई दखल नही देंगे। जो भी रणनीति वासुदेव बनायेंगे वो हमारे लिए शुभ ही होगी। तुम चिंता मत करो। कोई पांडव अपने प्रिय पुत्र घटोत्कच को युद्ध में भेजने को तैयार नहीं था। पर कृष्ण के आगे कोई कुछ बोल नहीं सकता था।

सिर्फ कृष्ण जानते थे कि उस शक्ति से एक पांडव वीर की मृत्यु निश्चित है। और वो पांचों पांडवों में किसी को भी खोना नहीं चाहते थे। और दूसरा कोई वीर ऐसा नहीं था जो कर्ण और दुर्योधन को युद्ध में इतना थका दे कि वो उस पर उस शक्ति का उपयोग कर ले जिससे अर्जुन की प्राण रक्षा हो सके। कृष्ण जानते थे कि घटोत्कच ही एक ऐसा समर्थ वीर है जो अपने प्राणों की बलि दे कर भी कर्ण को वो शक्ति अपने ऊपर चलाने को विवश कर सकता है। और उन्होंने यह जुआ खेलने की जोखिम उठा कर ही घटोत्कच को अगले दिन का सेना नायक बनाने का निश्चय किया था। वो किसी भी तरह उस शक्ति को बेकार करना चाहते थे।

अगले दिन घटोत्कच ने ऐसा भयानक युद्ध किया कि कर्ण और दुर्योधन दोनों को प्राणों के लाले पड़ते दिखाई देने लगे। वीर घटोत्कच पूरा मायावी था। और मायावी युद्ध कला में निपुण था। अदृश्य होकर मैले गंदगी की बरसात करना, पहाड़ के पहाड़ उठा कर पटक देना, खून की बारिश करना और धूल भारी आंधियां लाकर उसने उस दिन कौरव सेना के पाँव उखाड़ दिए। अब दुखी होकर दुर्योधन ने कर्ण से कहा कि वो शक्ति इस पर चलाओ। कर्ण ने कहा—वो शक्ति तो अर्जुन को मारने के लिए रखी है।

तब दुर्योधन बोला—मित्र कर्ण जल्दी करो। अर्जुन पर तो हम शक्ति तब चलाएंगे ना जब हम जिंदा बचेंगे। अगर तुमने तुंरत इस घटोत्कच पर इन्द्र की दी हुई शक्ति नहीं चलाई तो ये अब हम तुम दोनों को मार डालेगा। शीघ्रता करो मित्र। नहीं तो प्राण अब चले जायेंगे। और घटोत्कच के प्रहारों से घबराकर कर्ण ने इन्द्र की दी हुई अजेय शक्ति वीर घटोत्कच पर चला दी। और इस तरह कृष्ण अर्जुन को बचाने में सफल हुए। इस तरह वीर घटोत्कच ने अपना वीर होना साबित करके इतिहास में अपना नाम अमर कर लिया।

दानवीर कर्ण का नियम

बात उन दिनों की है जब महाराज युधिष्ठिर इंद्रप्रस्थ पर राज्य करते थे। राजा होने के नाते वे काफी दान-पुण्य भी करते थे। धीरे-धीरे उनकी प्रसिद्धि दानवीर के रूप में फैलने लगी और पांडवों को इसका अभिमान होने लगा। कहते हैं कि भगवान दर्पहारी होते हैं। अपने भक्तों का अभिमान तो उन्हें बिल्कुल पसंद नहीं। एक बार श्रीकृष्ण इंद्रप्रस्थ पहुंचे। भीम व अर्जुन ने उनके सामने युधिष्ठिर की प्रशंसा शुरू की। दोनों ने बताया कि वे कितने बड़े दानी हैं।

तब कृष्ण ने उन्हें बीच में ही टोक दिया और कहा, 'लेकिन हमने कर्ण जैसा दानवीर और नहीं सुना।' पांडवों को यह बात पसंद नहीं आई। भीम ने पूछ ही लिया, 'भला वो कैसे?' कृष्ण ने कहा कि 'समय आने पर बतलाऊंगा।' बात आई-गई हो गई। कुछ ही दिनों में सावन शुरू हो गए व वर्षा की झड़ी लग गई। उस समय एक याचक युधिष्ठिर के पास आया और बोला, 'महाराज! मैं आपके राज्य में रहने वाला एक ब्राह्मण हूं।

आज मेरा व्रत है और हवन किए बिना मैं कुछ भी नहीं खाता-पीता। कई दिनों से मेरे पास यज्ञ के लिए चंदन की लकड़ी नहीं है। यदि आपके पास हो तो, कृपा कर मुझे दे दें। अन्यथा मैं हवन पूरा नहीं कर पाऊंगा और भूखा-प्यासा मर जाऊंगा।'

युधिष्ठिर ने तुरंत कोषागार के कर्मचारी को बुलवाया और कोष से चंदन की लकड़ी देने का आदेश दिया।

संयोग से कोषागार में सूखी लकड़ी नहीं थी। तब महाराज ने भीम व अर्जुन को चंदन की लकड़ी का प्रबंध करने का आदेश दिया। लेकिन काफी दौड़-धूप के बाद भी सूखी लकड़ी की व्यवस्था नहीं हो पाई। तब ब्राह्मण को हताश होते देख कृष्ण ने कहा, 'मेरे अनुमान से एक स्थान पर आपको लकड़ी मिल सकती है, आइए मेरे साथ।' ब्राह्मण की आखों में चमक आ गई।

भगवान ने अर्जुन व भीम को भी इशारा किया, वेश बदलकर वे भी ब्राह्मण के संग हो लिए। कृष्ण सबको लेकर कर्ण के महल में गए। सभी ब्राह्मणों के वेश में थे, अतः कर्ण ने उन्हें पहचाना नहीं। याचक ब्राह्मण ने जाकर लकड़ी की अपनी वही मांग दोहराई। कर्ण ने भी अपने भंडार के मुखिया को बुलवाकर सूखी लकड़ी देने के लिए कहा, वहां भी वही उत्तर प्राप्त हुआ।

ब्राह्मण निराश हो गया। अर्जुन-भीम प्रश्न-सूचक निगाहों से भगवान श्री कृष्ण को ताकने लगे। लेकिन वे अपनी चिर-परिचित मुस्कान लिए बैठे रहे। तभी कर्ण ने कहा, 'हे देवता! आप निराश न हों, एक उपाय है मेरे पास।' देखते ही देखते कर्ण ने अपने महल के खिड़की-दरवाजों में लगी चंदन की लकड़ी काट-काट कर ढेर लगा दी, फिर ब्राह्मण से कहा, 'आपको जितनी लकड़ी चाहिए, कृपया ले जाइए।' कर्ण ने लकड़ी पहुंचाने के लिए ब्राह्मण के साथ अपना सेवक भी भेज दिया। ब्राह्मण लकड़ी लेकर कर्ण को आशीर्वाद देता हुआ लौट गया। पांडव व श्रीकृष्ण भी लौट आए।

वापस आकर भगवान श्री कृष्ण ने कहा, 'साधारण अवस्था में दान देना कोई विशेषता नहीं है, असाधारण परिस्थिति में किसी के लिए अपने सर्वस्व को त्याग देने का ही नाम दान है। अन्यथा चंदन की लकड़ी के खिड़की-द्वार तो आपके महल में भी थे।' कर्ण ने कोई विशेष कार्य नहीं किया, किंतु उसने अपना यह नियम भंग नहीं होने दिया कि उसके द्वार से कोई निराश नहीं लौटेगा।

दानवीर कर्ण का झूठ

दानवीर कर्ण ने जीवन में केवल एक बार ही झूठ बोला और यही झूठ उनके जीवन पर सबसे ज्यादा भारी पड़ा। कर्ण ने अस्त्र विद्या भगवान परशुराम से सीखी थी, भगवान परशुराम का प्रण केवल ब्राह्मणों को ही शस्त्र विद्या सिखाने का था। कर्ण ब्राह्मण नहीं थे, लेकिन उन्होंने परशुराम से झूठ बोल दिया कि वो ब्राह्मण हैं। कर्ण

की बात को सच मानकर परशुराम ने उन्हें शस्त्र की शिक्षा दे दी। एक दिन जंगल में कहीं जाते हुए परशुरामजी को थकान महसूस हुई, उन्होंने कर्ण से कहा कि वे थोड़ी देर सोना चाहते हैं। कर्ण ने उनका सिर अपनी गोद में रख लिया। परशुराम गहरी नींद में सो गए। तभी कहीं से एक कीड़ा आया और उसने कर्ण की जांघ पर डंक मारने लगा। कर्ण की जांघ पर घाव हो गया लेकिन परशुराम की नींद खुल जाने के भय से वह चुपचाप बैठा रहा, घाव से खून बहने लगा।

बहता खून परशुराम के चेहरे तक पहुंचा तो उनकी नींद खुल गई। उन्होंने कर्ण से पूछा कि तुमने उस कीड़े को हटाया क्यों नहीं। कर्ण ने कहा आपकी नींद टूटने का डर था इसलिए। परशुराम ने कहा किसी ब्राह्मण में इतनी सहनशीलता नहीं हो सकती है। तुम जरूर कोई क्षत्रिय हो। कर्ण ने सच बता दिया। क्रोधित परशुराम ने कर्ण को शाप दिया कि तुमने मुझसे जो भी विद्या सीखी है वह झूठ बोलकर सीखी है इसलिए जब भी तुम्हें इस विद्या की सबसे ज्यादा आवश्यकता होगी, तभी तुम इसे भूल जाओगे, कोई भी दिव्यास्त्र का उपयोग नहीं कर पाओगे। हुआ भी ऐसा ही, महाभारत के प्रमुख युद्ध में जब कर्ण अर्जुन से लड़ने पहुंचा तो वो अपने आप ही सारे दिव्यास्त्रों के प्रयोग की विधि भूल गया और अर्जुन के हाथों मारा गया।

8

उपसंहार

महाभारत की पूरी कथा में इसके प्रत्येक किरदार का कुछ न कुछ योगदान अवश्य ही रहा है और प्रत्येक किरदार की किसी न किसी गुणधर्म विशेष के प्रति निष्ठा भी अवश्य रही है। जिस प्रकार कृष्ण की धर्म स्थापना में निष्ठा रही और युधिष्ठिर की धर्म पालन में, उसी प्रकार महारथी कर्ण की अपने मित्र दुर्योधन में निष्ठा थी इस युद्ध के अठारह दिन चलने और इतने सैनिकों और इतने महारथियों के विनाश का कारण बनी। वैसे इस महारथी की दुर्योधन के प्रति निष्ठा इसके शापित भाग्य और स्वयं इसके प्रति पूर्व में किये गए भेदभाव का परिणाम था परन्तु इस दानवीर कर्ण को द्रोपदी वस्त्रहरण और अभिमन्यु वध के लिए इतिहास सदैव दोषी बताता रहेगा। पर जो भी हो, नियति का क्रूर मजाक जो इस महारथी के साथ हुआ है वो शायद वासुदेव कृष्ण को भी धर्म से अच्युत कर देता। पर जो वासुदेव कृष्ण धर्म की रक्षा के लिए अपने कुल का नाश भी स्वीकार करता हो उसे भला कौनसी शक्ति अपनी निष्ठा से भटका सकती है।

महारथी कर्ण का जन्म माता कुंती की कोख से सूर्य के वरदान स्वरुप हुआ था। परन्तु विवाह पूर्व कर्ण का जन्म हो जाने के कारण कुंती ने अपने पिता के स्वाभिमान की रक्षा हेतु इस परम तेजस्वी एवं कुंडल और कवच धारी शिशु का परित्याग कर दिया और सूर्य देवता से माफी मागते हुए उसे आशीर्वाद देकर नदी में प्रवाहित कर दिया। ये नियति का पहला पासा था जिसने कर्ण को जन्म लेते

ही मात दे दी। नदी में प्रवाहित ये शिशु एक निःसंतान दम्पत्ति के हाथ लगा जिसने इसे अपने पास रख लिया और इस शिशु के माता-पिता बन गए। यह दम्पत्ति वस्तुतः एक सूद जाति के थे जो हस्तिनापुर में निवास करते थे। सूद वो जिनका धर्म ही था रथ हाँकना। अपनी अभूतपूर्व प्रतिभा और शापित भाग्य लिए ये लड़का धनुर्विद्या में महारथ हासिल किये हुए था और इसी धनुर्विद्या का परीक्षण करने ये लड़का जब द्रोणाचार्य निर्मित शस्त्रशाला में गया और अर्जुन से चुनौती करने लगा तब अर्जुन और अन्य पांडवों ने इसे प्रतिस्पर्धा करने के अयोग्य माना क्योंकि उनके मतानुसार एक सूद पुत्र राजकुमारों से प्रतिस्पर्धा कैसे कर सकता था और तो और पांडवों ने उसे सूद पुत्र कह अपमानित किया और कहा-सूद पुत्र को केवल रथ हाँकना ही शोभा देता है, क्षत्रिय राजकुमारों की तरह धनुष बाण नहीं।

दुर्योधन जो उस समय किशोर अवस्था में था, पांडवों से चिढ़ता था और पांडवों के कौशल को देख हीन भावना से ग्रसित था, ने उस लड़के कर्ण को देखा और उसके सामर्थ्य को भी। अतः इस परम राजनीतिज्ञ दुर्योधन ने कर्ण को प्रश्रय दिया तथा उसे अपना मित्र बना लिया। अपने अपमान से कुंठित कर्ण दुर्योधन जैसे राजकुमार का साथ पाकर अत्यंत प्रसन्न और कृतज्ञ हुआ और उस कर्ण को पांडवों और विशेष रूप से अर्जुन से घृणा सी हो गयी।

जब शिक्षा प्राप्त करने कर्ण द्रोणाचार्य के पास पहुँचा तब गुरु द्रोणाचार्य ने उसे मना कर दिया और उसे अपनी जाति का कर्म करने को कहा अतः कर्ण ने मन में ठान लिया कि उसे द्रोणाचार्य जैसे ही गुरु से शिक्षा प्राप्त करनी है इसलिए वह गुरु परसुराम के पास पहुँचा जो केवल ब्राह्मणों को ही शस्त्र शिक्षा देते थे। अतः वो लड़का शिक्षा प्राप्त करने हेतु ब्राह्मण का छदम भेष धर गुरु परसुराम से शिक्षा प्राप्त करने लगा। पर जब किसी कारण वश गुरु परसुराम को उसके ब्राह्मण न होने का पता चला तब उसे फिर श्राप मिला कि-हे छदम रूप धारी शिष्य ! जब तुम्हे मुझसे सीखी हुई विद्या की सर्वाधिक आवश्यकता होगी तब तुम इसे भूल जाओगे। ये नियति का दूसरा पासा था जिसने इस युवक कर्ण को मात दे दी।

जब कर्ण शिक्षा प्राप्त कर हस्तिनापुर पहुँचा तब कूटनीतिज्ञ दुर्योधन ने उसे मित्रता स्वरुप अंगदेश का राज्य दे दिया जिसे कर्ण ने स्वामी का सेवक के प्रति उपकार मानते हुए ग्रहण किया। वैसे तो दुर्योधन कर्ण को अपना सच्चा मित्र मानता था और उस पर अत्यधिक विश्वास भी करता था पर शायद कर्ण की मित्रता दुर्योधन के पांडवों से भयभीत होने के कारण फलीभूत हुई।

अपने जन्म के रहस्य से अनभिज्ञ इस महारथी ने अपने सूद माता-पिता की खूब सेवा की और वह सूद माता राधा के नाम से राधेय कहलाने लगा। राधेय कर्ण सही मायनों में राधेय ही था क्योंकि जन्म देना माता का कर्तव्य होता है पर लालन-पालन करना माता का धर्म होता है और जो माता सही मायनों में दोनों कर्तव्यों का पालन करती हो वो शिशु की पूर्ण माता होती है। पर इस भौतिक संसार में जो माता शिशु का लालन-पालन करती है वो जन्म देने वाली माता से महान होती है। स्वयं देवकी नंदन कृष्ण यशोदानंदन कहने पर ज्यादा प्रसन्न होते हैं।

अंगदेश का राजा बनने के पश्चात् कर्ण ने कई युद्धों में अपनी वीरता प्रमाणित की, पर वीर कर्ण न केवल वीर था, अपितु एक बड़ा दानी भी था। भोर में कर्ण से जो कोई भी कुछ भी मांगता था वो कभी खाली हाथ नहीं जाता था। पर इस ख्याति के बाबजूद इस दानवीर कर्ण का अपमान होना रुक जाता तो इतिहास इस सुर्यपुत्र को कभी अधर्म के साथ होने का दोषी न मानता, पर जब द्रोपदी के स्वयंवर में महारथी कर्ण प्रतिज्ञा पूरी करने उतरा तब द्रोपदी ने इस सूदपुत्र को बाण चलाने से ये कहते हुए रोक लिया कि विवाह समान कुल में होता है किसी सूद पुत्र के साथ नहीं और फिर इस अपमान ने कर्ण को द्रोपदी के प्रति भी घृणा भाव से भर दिया।

दुर्योधन और शकुनी की संगति ने कर्ण के इस घृणा भाव को प्रतिशोध में बदल दिया और अंततः जब एक वस्त्रा द्रोपदी को बालों से घसीटकर कुरु राज्य सभा में लाया गया तब कर्ण ने न केवल द्रोपदी वस्त्रहरण का समर्थन किया अपितु उसे पांच पुरुषों के साथ रहने वाली वेश्या कहा और वेश्या का कोई सम्मान नहीं होता, यह तर्क देकर वस्त्रहरण को उचित ठहराया। बस यही वह पल था जब इस महारथी ने धर्म का दामन छोड़ दिया और अपनी मत्यु की भूमिका तैयार कर ली।

चूँकी कर्ण के पास सूर्य देव का दिया कवच और कुंडल था अतः युद्ध में कर्ण का वध असंभव था। वासुदेव कृष्ण ने प्रतिज्ञा के जाल में उलझा कर कर्ण के कवच-कुंडल लेने की योजना तैयार की और देवराज इन्द्र को ब्राह्मण का रूप धर प्रातःकाल कवच और कुंडल लाने को कहा ताकि धर्म की विजय हो सके। पर दानवीर कर्ण ने कवच-कुंडल के बिना अपनी मृत्यु जानते हुए भी कवच और कुंडल दान में दे दिए। युद्ध के आरंभ होते-होते यह दानवीर यह समझ चुका था कि वो इस युद्ध में अधर्म के पक्ष में है और जहाँ वासुदेव कृष्ण जैसा नीतिज्ञ हो उस पक्ष की विजय निश्चित है क्योंकि वासुदेव कृष्ण तो स्वयं उसी पक्ष में रहते हैं जहाँ धर्म का पलड़ा भारी होता है परन्तु कर्ण को दुर्योधन से निष्ठा का रोग था जिसने उसकी

विवेक व बुद्धि को निगल लिया था और उसे दुर्योधन का कर्ज उतारने के लिए विवश कर दिया था।

युद्ध के मध्य में जब उसे कुंती का अपनी माता होने और पांडवों का अपने भाई होने का पता चला तब भी दुर्योधन के अहसानों के बोझ तले दबा ये राधेय अपनी निष्ठा प्रमाणित करने हेतु पांडवों के विरुद्ध लड़ा और माता कुंती को वचन दिया किया युद्ध के पश्चात् भी उसके पांच पुत्र शेष रहेंगे चाहे वो मरे या अर्जुन। वो महारथी युद्ध भूमि में भी अर्जुन से लड़ा और कर्ण-अर्जुन युद्ध के पहले दिन उसने अर्जुन को निरुत्तर कर दिया, पर सूर्य डूब जाने के कारण नियमानुसार अर्जुन का वध नहीं किया। वासुदेव कृष्ण इस बात को समझ चुके थे कि बिना किसी नियम को तोड़े कर्ण वध संभव नहीं है अतः दूसरे दिन उन्होंने रथ का पहिया लगा रहे कर्ण पर अर्जुन से बाण चलवा कर कर्ण का वध करवा दिया।

मैं मानता हूँ कि वासुदेव कृष्ण के कहने पर अर्जुन ने निहत्थे कर्ण को मार डाला पर क्या पहले कर्ण ने युद्ध नियम तोड़ कर अभिमन्यु को नहीं मारा था? और क्या धर्म एक कर्ण के कारण हार जाता? मेरे अनुसार धर्म की विजय जरूरी है चाहे हथकंडे नियमानुसार हों या न हों। जिस प्रकार कर्ण ने दुर्योधन के प्रति निष्ठा नहीं छोड़ी और अधर्म के पक्ष में लड़ा तो क्या वासुदेव कृष्ण धर्म स्थापना के प्रति अपनी निष्ठा छोड़ देते? चाहे कर्ण दानवीर हो या महारथी, चाहे कौन्तेय रहे या राधेय परन्तु धर्म सबसे ऊपर ही रहेगा।